KEITAI
SHOUSETSU
BUNKO
野いちご SINCE 2009

感染学校
～死のウイルス～

西羽咲花月

STARTS
スターツ出版株式会社

カバーイラスト／みつきさなぎ

ゴールデンウイークが明けた五月十日。

一人の女子生徒が飛び降り自殺をした。


彼女はあるウイルスに感染し、そのウイルスに誘導されるように命を絶った。

初期症状は自殺衝動。

進行すれば殺害衝動が生まれる最悪なウイルスだ。

厄介なのが、自殺衝動に勝てず自殺した生徒の体からは大量のウイルスが放出され、空気感染すること。


彼女の死を引き金に、史上最悪のデスウイルスが校内に蔓延《まんえん》することになった！

真っ先に逃げ出す校長。

逃げ惑う生徒たち。

開かないシャッター。

閉ざされた校内で感染は広がっていく!!

目次

一章

はじまり

ゴールデンウイークが終わった五月十日。

一人の少女が放課後の学校の屋上にいた。

普段は開放されていない屋上だったが、この日は専門業者による月一度の校内清掃が入り、屋上の鍵《かぎ》が開いていた。

あたしたち生徒は次々と校門から外へと吐き出されていくが、校舎内やグラウンドからもまだ元気な声が聞こえてくる。

しかし、少女が屋上にいて、今まさに金網のフェンスを乗り越えようとしていることに、あたしはもちろん誰も気づいていない。

少女が身につけている紺色の制服のスカートが風になびいた。

少女の目はうつろで、フェンスの頂上に到達した時も恐怖の色は見られなかった。

それは、ごく自然に……まるで少女にとっては、それが日課であるかのように……少女はフェンスから身を乗り出し、そして飛び降りた……。


五月十一日。

ゴールデンウイークが終わり、昨日から学校がはじまっていた。

休みボケは直らず、あたしは学校の制服を身につけながら大きなアクビを一つした。

外はとてもよく晴れていて、休みの日ならワクワクしながら一日の計画を立てはじめるところだ。

だけど、今日は学校。

いい天気であることもうれしくなくて、あたしはため息を吐き出した。

さっきから何度もアクビとため息を繰り返していることに気がついて、少しだけおかしくなって笑った。

いくら体内から二酸化炭素を吐き出したって、今日の予定は変わらない。

それよりも、早くしないと遅刻してしまいそうだ。

あたしは重たい体を無理やり動かして、自分の部屋を出たのだった。

部屋の中で見た通り、今日はとてもいい天気だった。

学校への通い慣れた道を歩いていると、不意に後ろから声をかけられた。

「愛莉《あいり》、おはよう！」

あたしの名前を呼んであたしの肩を叩《たた》いたのは、クラスメートの塩田空音《しおだそらね》だった。

空音は杉崎《すぎさき》高校一年B組の中で、あたし……中山愛莉《なかやまあいり》と一番仲がよい。

「おはよう空音」

空音はポニーテールを揺らしながらあたしの隣を歩きはじめた。

万年ショートカットのあたしは、その髪の長さが羨《うらや》ましいと感じた。

だけど、あたしは中学時代からバレー部に所属しているのでなかなか伸ばすことができないのだ。

何度かロングヘアーにしようと試みたが、試合で汗だくになっている時に髪の毛がへばりつくとどうしても集中できなくて、結局切ってしまうのだ。

「今朝の連絡網、驚いたよね」

真剣な表情で空音にそう言われ、あたしは「連絡網？」と、聞き返した。

「そうだよ。愛莉、知らないの？」

空音は驚いたように目を見開いてそう聞いてきた。

そういえば、まだベッドでまどろんでいた時にお母さんが何か言っていた気がする。

すごく眠たくて適当な返事をした記憶があった。

それからまたすぐに寝てしまって、起きたら遅刻寸前の時間だったからご飯も食べずに出てきてしまった。

「知ってる知ってる。でも内容まで聞いてない」

そう言ってペロッと舌を出すと、空音が真剣な顔で「笑いごとじゃないんだよ？」と、言ってきた。

どうやら重要な連絡網だったらしい。

あたしは笑うのをやめて空音を見た。

「一年D組の渋田《しぶた》さんが昨日の放課後、屋上から飛び降りて自殺したらしい」

「へ……？」

空音の言っていることの意味が理解できなくて、あたしはポカンと口を開けてその場に立ち止まってしまった。

「理由はわからないんだって」

空音が立ち止まらずに話を続ける。

「ちょ、ちょっと待って？　自殺って、本当に？」

あたしは慌てて空音のあとを追いかけてそう聞いた。

「連絡網で回ってきたんだから、嘘《うそ》なわけないでしょ？」

「そう……だよね……？」

そう言われてもすぐには信じることができなくて、あたしは空音を疑ってかかってしまう。

「あたしだってビックリしたよ。渋田さんって明るくてみんなから好かれるタイプの子だったじゃん？　自殺する原因なんてないように見えるもん」

空音の言葉にあたしはうんうん、と何度も相槌《あいづち》を打った。

渋田さんとは高校に入学してから知り合った。

クラスも違うし接点も少なかったけれど、新しい学校生活でまだ宙に浮いているような感覚の時、積極的にいろんな生徒に声をかけて、みんなを安心させてくれていた。渋田さん自身、学校生活が不安だったから、みんなもきっと不安なんじゃないかと思って、明るく声をかけることにしたのだと言っていた。

それがきっかけで、あたしたちはD組の生徒たちとも仲よくなれたのだ。

渋田さんは嫌われるような性格ではないし、誰かにイジメられるようなタイプでもない。

自殺という言葉から一番遠い存在だと思っていた。

「ショックだよね……」

まだ信じられないあたしは、そんな言葉しか出てこなかったのだった。

全校集会

渋田さんの自殺にリアリティーが出てきたのは、登校したB組の中がその話題で持ちきりだったからだ。

「あの渋田さんが？」

「自殺って、なんで？」

「学校ではみんなと仲よかったよね。家庭の事情とか？」

そんな声が、さざ波のように聞こえてくる。

同級生が自殺しているということでみんな静かだけれど、口を開けばその話題が出てくるようだ。

みんなの様子を見ながら、教室後方にある自分の席に座った。

あたしの前の席に空音が座り、小さく息を吐き出すのがわかった。

いつもと違う雰囲気の教室に緊張している様子だ。

あたしだってそうだ。

いつもは教室に入るとすぐに友達のところへ向かうけれど、今日はそれができなかった。

みんな席に座り、隣や前後の席の子と小声で会話をしている程度だった。

知っている人が死ぬということが、日常生活に大きな影響を及ぼしている。

席に座ってしばらくたつと、担任の先生が教室に入ってきた。

辻本功《つじもとこう》先生。

三十代でルックスがいいことから女子生徒から人気があった。

辻本先生は教卓の前に立つと軽く咳払《せきばら》いをした。

いつもは入ってきてすぐに元気な声で「おはよう!」と挨拶《あいさつ》するのだが、今日はその挨拶もなしだ。

みんな静かに辻本先生の言葉を待っている。

辻本先生は小さな咳払いを繰り返し、ようやく言葉を切り出した。

「みんなのところにも、今朝連絡網が行ったと思う」

その言葉にあたしは思わず背筋を伸ばしていた。

これから聞く先生の言葉が真実なのだと、そこから逃げてはいけないのだと、自分に言い聞かせた。

「昨日の放課後、一年D組の渋田咲さんが亡くなられた」

『自殺』という言葉を使わなかったのは、先生なりの配慮だろう。

「突然のことで先生たちもどうしていいかわからない状態だ。混乱しているし、ショックで頭の中は真っ白だ。だけど、これから全校集会が開かれるから、そこでしっかり話を聞いて、そしてみんなで考えようと思う」

時々目を伏せながらも、辻本先生はそう言った。

もっとしっかりしたことが言えないのかと反感を買いそうな説明だったけれど、生徒たちと同じように先生も混乱しているのだとわかって、あたしは安心していた。

こういう時に事務的なことを言われるよりは、ずっとマシだった。

それからあたしたちは体育館へと移動した。

生徒たちが体育館へ移動する間は、たいていおしゃべりの時間になる。

しかし、今日ばかりはみんな静かだった。

他のクラスの生徒と鉢合わせをしても、挨拶を交わす程度でおしゃべりに花が咲くことはなかった。

無言のまま体育館へ入り、整列する。

一年生だけではなく、二年や三年も参加しているから体育館の中はムッとした熱気に包まれていた。

窓やドアはすべて開放されているが、それだけではこの熱さはしのげなそうだ。

ただでさえ混乱している中で、長時間の説明は難しいと判断したのだろう、すぐに校長が出てきて説明をはじめた。

渋田さんが自殺をしたのは昨日の放課後のことだった。

いつもは施錠されている屋上が、昨日は清掃のために開けられていた。

清掃員が道具を取りに車まで戻っている間に渋田さんは屋上へ出て、そこから飛び降りたのだそうだ。

渋田さんの生活態度や成績に問題はなく、明るい生徒で自殺するような理由は見当たらない。

だけど、渋田さんの言動について少しでも何か気にかかることがあったら、すぐにでも教えてほしい。

そして、人が一人亡くなっているということをしっかりと受け止めてほしい。

校長の話はそんな感じだった。

結局、渋田さんの自殺の原因はまだ誰にもわかっていない様子だった。

D組の生徒の中には話を聞きながら泣いている子もいた。

犯人捜しなんてするつもりはないけれど、あたしの視線はついD組のみんなに向かっていた。

それは他の生徒たちも同じようで、チラチラとD組の様子をうかがっているのが見えた。

だけど、きっとイジメはなかっただろう。

学校がはじまってまだ二か月目に突入したばかりだ。

渋田さんは隣町からの電車通学。

もともと渋田さんを知っていたという生徒は少ないけれど、渋田さんの性格上クラスに馴染《なじ》めなかったということはなさそうだ。

実際に、あたしたちは渋田さんがD組の生徒と仲よく歩いているところを何度も目撃している。

そんな中での突然の自殺。

原因があるとすれば家庭か、または昔の交友関係にあると思っていた。

他の先生からも似たような内容の話を聞いたあと、解散の雰囲気になった。

今日の全校集会は内容が内容だっただけに、生徒たちはみんな静かで、一年生のクラスには重たい空気がのしかかっていた。

泣き声も途絶えないし、早くこの場から退散したいと思う。

その時だった。

突然D組の生徒の一人がその場に倒れたのだ。

一瞬何が起こったのか理解できずにいた生徒たちから、驚きの声が上がりはじめ、そんな生徒たちの隙間《すきま》から、青白い顔をしてうずくまっている生徒が見えた。

何度か渋田さんと一緒にいるところを見たことがある、女子生徒だ。

「先生！　夕日《ゆうか》さんが倒れました！」

D組の女子生徒がそう言い、あたりは騒がしさに包まれる。

しかし、倒れたのはその生徒だけではなかった。

他のクラスの子や先輩まで次々と倒れていく。

いったいどうしたんだろう？

騒然とする体育館に、あたしは空音を見た。

空音は不安そうな表情を浮かべている。

一人が倒れると不安が感染し、周囲の人間も次々と倒れていくことがあるということは知っていた。

けどまさか、自分の周囲でこんなことが起こるなんて思ってもみなかった。

保健の先生が倒れた生徒に駆け寄り、応急処置をしている。

騒然とした雰囲気のまま、全校集会は幕を閉じたのだった。

気分転換

教室に戻ったあともクラス内での会話は少なかった。

渋田さんが自殺したショックに加えて、体育館での出来事が輪をかけて不安にさせていた。

クラスの中を見回すと、数人の生徒の姿がないことに気がついた。

聞けば、その生徒たちも気分が悪くなり倒れてしまったそうだ。

「なんだか今日は授業どころじゃないね」

空音が小さな声でそう言った。

「うん。でも仕方ないよ、こんな中で授業をしても頭に入らないし」

あたしも空音と同じ小声でそう答えた。

それから辻本先生が戻ってきて渋田さんのことについて話しはじめたけれど、あたしはボーッと外の景色を見ていたのだった。

渋田さんのクラスは全員、明日の葬儀に参列するそうだ。

その他にも、渋田さんと特別仲がよかった子たちが呼ばれていた。

他の生徒たちは通常授業だ。

今日も二時限目からは通常授業に戻っていたけれど、みんな落ち込んでいて各科目の先生たちもいつもより静かだった。

みんな授業内容が耳に入ってきていないのが、見ていてもわかった。

あたしも、ペンを動かしてノートを取っても教科書に視線をやっても記号が並んでいるようにしか見えなかった。

心の中にぽっかりと穴が開いてしまったような感覚。

それほど頻繁に会話をしていたわけでもない渋田さんの存在は、思ったよりも大きかったようだ。


そして、放課後。

「なんか、あっという間に放課後だね」

空音が時計を見てそう言った。

「そうだね。なんか、まだ信じられなくてボーッとしてるもん」

あたしはカバンに教科書を入れながらそう言った。

昼休憩を挟んでからの教室は少しだけいつもの調子を取り戻していたけれど、それでもやっぱり違う雰囲気が漂っていた。

「愛莉、今日は部活も休みだし遊んで帰らない？」

「え？」

あたしは驚いて聞き返した。

てっきり、今日はまっすぐ帰るものだと思っていた。

教室内はいつもと違う雰囲気だし、少なからずショックを受けている。

こんな時は無理せずまっすぐ帰って休むのが一番いい。

「なんかさ、このまま帰っても一人で凹《へこ》みそうじゃない？」

空音は眉《まゆ》を下げてそう言った。

そういえば空音の家は共働きで、両親は帰りが遅いんだっけ。

加えて一人っ子の空音は家に帰ったら話し相手がいない。

きっと、渋田さんのことを思い出してしまうだろう。

「わかった。じゃあ、どこか寄って帰ろう」

そう言い、あたしと空音は一緒に教室を出たのだった。

家とは逆方向へと歩いていると、駅が見えてきた。

最近、駅の中にできたコーヒーショップを思い出す。

「どうする？　このまま駅に行く？」

そう聞くと、空音は「そうだね」と、頷《うなず》いた。

とくにどこへ行きたいという予定はなく、ただ一人になりたくないだけのようだ。

あたしと空音は、新しくできたコーヒーショップへと足を運んでいた。

四時半という中途半端な時間なのに、店内は混雑していた。

新しくできたお店というだけで、みんな一度は来てみたくなるものだ。

どうにかカウンター席に座ると、お店で一番人気のブレンドコーヒーを注文する。

こうして二人でコーヒーを飲んでいると、なんだか少しだけ自分が大人になったような気持ちになった。

「やっぱりここのコーヒーはおいしいね」

空音がコーヒーを飲んでホッとしたようにほほ笑んで言った。

「もう来たことがあったの？」

「うん。オープンの時に一度だけね」

そう言っておいしそうにコーヒーを飲む。

正直、あたしはコーヒーの味の違いまでは理解できていなかった。

だけど確かに舌に広がるコーヒーの味はおいしかった。

空音との会話はテレビの話題だったり、音楽の話題だったり、最新のファッションの話題だったりとさまざまだ。

その中でも、やっぱり学校で起こった面白い出来事は一番の話題になる。

他の人たちとはできない、自分たちだけが理解できる話題だし、身近な分だけ面白さは倍増して感じられた。

だけど今日は学校の話題はほとんど出なかった。

どちらも意識的に学校の話題を避けていた。

口を開けば一気に気持ちが暗くなるのがわかっていたから。

「今月発売の新曲、楽しみだよね」

他の話題を探していた空音が目を輝かせてそう言った。

それだけで、なんの話かあたしにはちゃんと理解できる。

「予約した？」

「もちろん」

あたしの質問に空音は大きく頷いた。

空音とあたしは共通のアイドルグループのファンだった。

それがきっかけで距離が縮まり、一気に親友になったのだ。

そのアイドルのことになると会話は止まらない。

CMソングとしても使われている新曲を二人で小さく口ずさむ。

するとうれしくなってキャッキャと声を上げて笑った。

それはオシャレなコーヒー店にはあまり似合わない光景で、あたしと空音はコーヒーを飲み終えるとすぐにお店を出た。

店の雰囲気を察したというよりは、新曲の発売が待ち遠しすぎてCDショップへ向かおうという話になったのだ。

新曲の発売が近いから、お店ではアイドルのコーナーが作られているかもしれない。

「次のシングルもオリコン一位だったらギネス更新なんだよね？」

空音が聞いてくるので、あたしは「そうだよ。今まで出してきたシングルもアルバムも初登場一位だもんね」と、即答した。

アイドルという職業は日本で人気が高いけれど、彼らほどの人気を誇っているアイドルはなかなかいない。

CDデビューから五年たっているが、その人気に衰えの影は見られなかった。

駅の中にあるCDショップへと足を進めている時、不意に柱にもたれるようにして座り込んでいる生徒を見つけた。

あたしたちと同じ杉崎高校の制服を着ているおさげ髪の女の子だ。

見るからに顔色が悪く、立ち上がることすら困難な様子だ。

同じ制服を着ている生徒ということで、あたしと空音は自然と歩調を緩めてその様子を見ていた。

何年生の人かわからないけれど、これから電車で家に帰るんだろうか？

改札口まではあと数メートルほどだけど、その距離を歩けるかどうかも怪しそうだ。

「あの……大丈夫ですか？」

通りすぎようとした時、空音が立ち止まってそう聞いていた。

やっぱり声をかけるんだ。そう思い、あたしも立ち止まった。

「大丈夫です……少し気分が悪いだけだから……」

彼女はそう言い、無理やり笑顔を浮かべた。

「もしかして、保健室にいた人じゃないですか？」

その顔には見覚えがあり、あたしはそう聞いた。

全校集会の時に気分が悪くなり保健室で休憩していたクラスメートを、あたしは昼休みに迎えに行った。

その時、保健室にいた生徒だったのだ。

彼女は少し驚いたように目を丸くして、「そうです」と、頷いた。

やっぱり、そうだったんだ。まだ体調は戻っていなそうだ。

「早退しなかったんですか？」

「いったん調子がよくなったから授業には出たんです。でも、帰ろうと思ったら急に気分が悪くなって……」

そう言い、彼女は口元を押さえた。

精神的ストレスは、そう簡単にはぬぐいきれないのだろう。

もしかしたら、渋田さんと同じD組の生徒なのかもしれない。

制服もカバンもピカピカだし、さっきから敬語で返してくれるし。

「ここで一人でいるのも心細いよね。一緒にいてあげようか」

空音があたしへ向けてそう聞いていた。

「もちろん、いいよ」

あたしは頷く。

「そんな、いいですよ！」

女子生徒は慌ててそう言うが、立ち上がる元気もなさそうなのに放っておくわけにはいかない。

ベンチに寝かせてあげようかとも思ったけれど、無理に移動して体調が悪化しても大変だ。

あたしと空音は彼女を挟むようにして腰を下ろした。

はたから見たらタムロしているように見えるかもしれないけれど、警備員に声をかけられたら事情を説明すればいい。

顔色の悪い女子高生が一人でこんなところにいるよりはマシだろう。

「ごめんなさい、ありがとう」

彼女は弱々しい声でそう言ったのだった。

騒がしさ

目を開けると真っ先に体がきしんだ。

昨日はリビングのソファの上でそのまま眠ってしまったため、無理な体勢になっていたようだ。

「あぁ……」

上半身を起こすと首が痛くて思わず声が出た。

「愛莉おはよう」

そんな声が聞こえてきて視線を移すと、キッチンにはお母さんが立っていた。

朝食の準備をはじめるところみたいだ。

「おはよう……」

まだボーッとしている頭で返事をする。

あたし、どうしてリビングのソファなんかで寝たんだっけ？

ちゃんとパジャマに着替えているから、お風呂に入ったあとテレビを見ながら眠ってしまったのかもしれない。

「体中が痛いよ……」

あたしが言うと、お母さんが呆《あき》れたような視線を向けてきた。

「途中で何度も声をかけたのに『ここで寝る』って言ったのあんたでしょ」

「そうだっけ？」

あたしは首を傾《かし》げた。全然覚えてないや。

寝つきがよくて寝起きが悪いあたしに、お母さんはいつも呆れている。

でも仕方ない。

若いうちは眠っても眠っても寝たりないって、お父さんも言っていた。

アクビをしながら洗面所へ向かうと、不意に昨日の全校集会の様子を思い出した。

今日は渋田さんの葬儀の日だ。

あたしは冷たい水を手にすくい、思いっきり顔を洗ったのだった。


五月十二日。

いつものように空音と合流して学校へと向かった。

校内はまだ少し騒然とした様子を残していたが、随分といつもの雰囲気を取り戻していた。大声でバカ騒ぎする生徒はいないけれど、明るい話し声は聞こえてくる。

そんな声を聞いていると安心するとともに、少しだけ胸が痛くなった。

日常ってこんなにも簡単に戻ってくるんだ。

例えば、亡くなったのが渋田さんじゃなくてあたしだったとしたら？

渋田さんのように人望もなく、特別明るいわけでもないあたし。

もしかしたら、訃報《ふほう》の連絡が回っても周囲は何も変わらないのかもしれない。

そう思うと、とても怖くなった。

「あ、おはよう！」

教室までの廊下を歩いていると突然後ろから声をかけられて、あたしと空音は立ち止まった。

振り向くと、そこには昨日駅で会ったおさげ髪の女の子が立っていた。

相変わらず顔色が悪いが、笑顔を浮かべて手を振っている。

同じ三階にいるということは、やっぱり一年生だったようだ。

あたしと空音はほぼ同時に手を振り返していた。

「おはよう。体調はもう大丈夫？」

「うん。本で調べてみて、あたしがどういう状況なのかわかったからもう大丈夫だよ」

彼女はそう言い、あたしたちの前を通りすぎていく。

「今の、どういう意味？」

すれ違いざまあたしはそう聞いたけれど、彼女は何も言わずにD組の教室へと吸い込まれていったのだった……。

「ちょっと変な子だったね」

昼休み、あたしは空音へ向けてそう言った。

「昨日、助けたあの子？」

「うん。お礼くらいあってもいいと思うけど」

あたしは不満を隠さずにそう言った。

挨拶と短い会話はあったけれど、お礼はなかった。

しかも彼女が言っていたのは『わかった』とかなんとか、あたしにはよくわからない言葉だった。

「まぁね。でもあたしたちが助けたくて助けたんだし、いいじゃん」

空音は、とくに気にしている様子もない。でも、あたしは空音ほど簡単に割り切ることはできなかった。

せめて名前くらい知りたかったな。

友達になりたいわけじゃないけれど、これも一つの縁だと思っていた。

「それより、お腹すいちゃった。早く食堂に行こうよ」

空音に促されて、あたしはカバンの中からお弁当を取り出して立ち上がった。

あたしはいつもお弁当だけれど、空音はいつも食堂だ。

だからあたしたちは、いつも食堂で昼休みを過ごしていた。

「あの子、D組の子だったよね」

廊下を歩きながらあたしは言う。

「まだ気にしてるの？」

空音は貝殻のキーホルダーがついた白い財布を持って、そう言った。

「だって、今朝も真っ青な顔してたし」

あたしたちに声をかけてきた時の様子を思い出す。

声や仕草は元気そうだったけれど、顔色は悪かった。

あんな状態で登校してきて大丈夫なのかと心配になるくらいだ。

彼女の様子を思い出しながらD組の前を通った時だった。教室内から騒がしい声が聞こえてきてあたしと空音は立ち止まった。

昼時ということでドアは開け放たれている。

そこから中を覗《のぞ》いてみると、何人もの生徒たちが教室の窓へと集まっているのが見えた。

「何してるんだろ？」

あたしは首を傾げる。

「外に面白いものでもあるのかな？」

空音がそう言った時、窓の上部に手をかける生徒の姿が見えた。

「おい、本気かよ⁉」

「やめてよ、危ないじゃん！」

「誰か止めて‼」

　D組の生徒たちがそんな声を上げている。

　ただごとではなさそうだ。

　あたしと空音が驚いてその場に立ち尽くしていると、窓に手をかけていた生徒が、窓枠に足をかけて立ち上がるのが見えた。

「ねぇ、嘘でしょ」

　あたしは思わずそう呟《つぶや》いていた。

　その人物は間違いなく今朝会った、あの子だったから。

　背中を向けていても、おさげ髪でわかる。

「何してるの、あれ……」

　彼女は外へと身を乗り出していて、足が外れればすぐにでも落ちてしまいそうな状況だ。

　周囲の生徒たちが必死で彼女の足や体を押さえて止めている。

「これでいいの！　こうすることであたしは救われる！　だってあたし、人殺しになんてなりたくない‼」

彼女は声を張り上げてそう言った。

どういう意味か全然わからない。昨日の錯乱状態を引きずっているのだろう。人殺しなんて物騒な言葉が出てきて、D組の生徒たちは青ざめている。

「せ、先生に言わなきゃ！」

空音の一言であたしはハッと我に返った。

そうだ、呆然《ぼうぜん》として突っ立っている場合ではない。

あたしと空音はすぐに職員室へと駆け出した。

職員室は二階の別館にある。

あたしと空音は早足で二階へ下りて渡り廊下を走り職員室の扉をノックした。

「先生！　大変です！」

職員室の中はお昼の風景だったが、かまわずそう言った。

今にも生徒があの窓から飛び降りてしまいそうなのだ。

誰でもかまわない、すぐに来てほしかった。

「君たちは一年B組の生徒？　辻本先生なら……」

辻本先生の居場所を説明しながら近づいてくる漢文の先生の腕を掴《つか》み、あたしは職員室を出た。

先生は驚いた声をかけてくるけれど、止まっている暇なんてない。

持っていたお弁当箱も、気がつけばどこかに落としてきてしまった。
まぁいい。そんなのあとで探せばいい。
あたしはすぐに気持ちを切り替えて、本館三階へと戻ってきた。
D組の中はまだ騒がしく、声を聞いた先生はすぐに表情を変えた。
「何事だ？」
そう声に出しながら教室の中を覗き込む。
その瞬間、彼女が振り向いた。
青白い表情で目の焦点が合っていない。
風が吹いて彼女のおさげが揺れた。
まるで彼女を外の世界へと導いているように見えて、ゾッとする。
「おい、何してる‼」
先生が弾かれたように走り出す。
生徒たちをかき分けて彼女へと手を伸ばす。
彼女の体はゆっくりと前のめりになり、足が窓から離れていく。
「キャァア！」
女子生徒が甲高い悲鳴を上げ、あたしはきつく目を閉じたのだった。

保健室

落ちる……！

そう思った瞬間、あたしは目を閉じていた。

そして次に目を開けた時に見た光景は、先生がしっかりと彼女の体を抱きしめ、床に転がっている様子だった。

こちら側へと力まかせに引き込んだのがわかった。

周囲からは安堵《あんど》のため息と、すすり泣きの声が聞こえる。

「間に合った……」

あたしの隣で空音が、へなへなと座り込んでしまった。

「よかった……」

そう口に出すと途端に全身の力が抜けて、あたしも空音の隣に座り込んでしまったのだった。

結局、お昼はお弁当を食べる暇なんてなくなってしまった。

渡り廊下を走っている最中に落としてしまったお弁当は、グチャグチャだし、驚きすぎて食欲はなくなってしまった。

「いったいどうしたんだろうね」

一階の販売機でジュースを購入して教室へと戻りながら、あたしは言った。

「わからない。あの子、渋田さんの親友だったのかな」

空音はパックのイチゴジュースを一口飲んでそう言った。

おそらくそうなんだろう。

親友の死が原因で情緒不安定になっていると考えるのが一番納得できる。

この多感な時期に親友の自殺というのは、あまりにもショックだろう。

「それにしても、『人殺し』ってなんなんだろうね？」

空音にそう言われてあたしは左右に首を振った。

「あたしもそれが気になってた。『わかった』とか『人殺し』とか、ちょっとよくわからないことばかり言ってたよね」

「友達が死んで悲しいのはわかるけど、あの子の場合ちょっと行きすぎじゃない？」

「だよね。普通なら『死にたい』とか言いそうなのに、そんな言葉は一度も聞いてないもんね」

あたしはそう言った。

『死にたい』とは言っていないのに、自殺をしようとしていた。

その矛盾が引っかかる。それに、彼女は何か本を読んだとも言っていた。本を読むことと体調不良になんの関係があるんだろう。

あたしにはわからないことだらけだ。

モヤモヤとした気持ちを抱きながら歩いていると、保健室から声が聞こえてきてあたしたちは立ち止まった。

保健室の中から、複数の生徒たちの声が聞こえてきている。

「今日は身体測定だっけ？」

空音がそう聞いてきた。

「違うんじゃないの？」

あたしはそう答えた。

普段、保健室が賑やかになることなんてない。

騒いでいれば必ず怒られるし、高校生にもなってそれが理解できないほど幼稚な生徒はいなかった。

「ちょっと覗いてみようか」

体調が悪い生徒たちが休んでいる保健室を覗くなんて悪趣味だ。

そう思うけれど、中から聞こえてくる声にあたしも好奇心を持っていた。

空音が音を立てないよう、こっそりとドアを開く。

その隙間から覗き込むと、保健の先生の姿が見えた。

三十代前半でスタイルがよくて、男子生徒なら必ず一度は恋に落ちる。

そんな典型的な先生が、森本真央《もりもとまお》先生だ。

あたしの知っている森本先生は美人だけどサバサバしていて、女子からは相談相手として信頼のある先生だ。

いつも笑顔で明るくて、とても生徒思いの先生のことをあたしも大好きだった。

そんな森本先生が保健室の中を走り回り、困ったように眉を下げているのだ。

「先生どうしたんだろう？」

あたしがそう呟いた時、あのおさげ髪の女の子の姿が見えた。

女の子はイスに座り、呆然とした様子で空中に視線を漂わせている。

それだけじゃない。他にも五、六人の生徒たちが保健室の中にいるが、みんな顔色が悪く、フラフラと歩き回っているのだ。

森本先生が座らせようとしたり、ベッドへ誘導したりしても、生徒たちは何も聞こえていないように見えた。

「何これ」

空音が顔をしかめてそう言った。

「こんな光景、見たことない」

あたしはそう呟いた。

外まで声が聞こえてきていたのは、森本先生の声と生徒たちのボソボソと呟く小さな声が重なっていたもののようだ。

何か楽しいことでもしているのかと思ったけれど、とんだ見当違いだ。

かといって、困っている森本先生を見てしまったあたしたちは、そのまま教室へ戻ることもできなかった。

「あの、先生」

思い切ってドアを開け、森本先生に声をかけた。

森本先生はハッとした顔でこちらを向いて、あたしたちを見るとホッとしたようにほほ笑んだ。

「中山さんと塩田さんね。どうかしたの？」

「いえ。ただ、保健室の様子が気になって覗いたんですけど……これ、どうしたんですか？」

周囲の生徒たちはあたしと空音が保健室へ入ってきたことにも気がついていない様子で、まだフラフラ歩き回ったり、ボソボソと何かを呟いたりしている。

「それが、あたしにも何がなんだか」

森本先生はそう言い、ため息を吐き出した。

「先生にもわからないんですか？」

空音がそう聞く。

森本先生は軽く頷き、助けを求めるような視線を天井へ向けた。

「みんな顔色が悪いし、風邪……とか？」

あたしは自分でそう言いながら、ただの風邪でこんなことになるはずがないとわかっていた。

じゃあなんなのかと言われると、やっぱりわからない。

「ただの風邪ならいいんだけどね。先生も手に負えないから、保護者の方に迎えに来てもらうように連絡を取るつもりなの」

「そうなんですか……」

保健室の中を何か呟きながら徘徊《はいかい》している生徒の様子はかなり異様だった。

その目は何もとらえておらず、あたしや空音に何度もぶつかりそうになる。

そのたびによけていたのだけれど、後ろから歩いてきた生徒に気がつかずぶつかってしまった。

「あ、ごめんなさい！」

とっさにそう謝ったのに、ぶつかってきた男子生徒はやはりあたしのことを見ていない。

その時だった……。

「死にたい……」

男子生徒が枯れたような声でそう言ったのだ。

あたしは目を見開き、男子生徒を見つめる。

「先生……今……」

「わかってるわ。あたしにも聞こえているから」

全部を言う前に森本先生がそう言った。

「この子たちが、なんの病にかかっているのかはわからない。……でもこの子たちの共通点はわかるのよ」

「共通点、ですか？」

あたしは首を傾げた。

「そうよ。彼らはみんな渋田さんの自殺をその場で見ている。そして今、彼らは自分も死にたいと訴えていること」

先生の言葉にあたしは呼吸を止めて、保健室にいる男女六人を見る。

その誰もが焦点が合わない目をしていて、彷徨《さまよ》っているように見える。よく耳を澄ませてみれば、全員が「死にたい、死にたい」と繰り返しているのがわかった。

「それって……渋田さんの自殺に影響されてるってことですか？」

空音が聞いた。

「わからないのよ。影響されるにしても、彼女の自殺を見てしまった全員がこんなふうになるなんて、思えない。とても強いショックを受けたのはわかるけれど、ちゃんと学校には登校してきているし、こうしてみずから体調不良を訴えて保健室にも来ているし……」

そう言い、森本先生はため息を吐き出した。

生徒の自殺を目の前で見てしまったら、そのショックは計り知れないだろう。けれど、目の前の状況はあまりにも異様なものだった。

「死にたい、死にたい」

と呟きながら部屋の中を徘徊する様子は、まるでゾンビのようだ。

ずっと見ているとこちらまで気分が悪くなりそうで、あたしと空音は早々に保健室をあとにした。


森本先生を一人にしておくのは不安だったので、途中で別館の職員室に足を運び、辻本先生に保健室の様子を話しておいた。

不安を抱えたまま教室に戻って窓の外へ視線を向けると、太陽が雲に隠れて今にも雨が降り出しそうだった……。

放課後

　昼休憩に昼食を食べることができなかったあたしは、放課後が近づくにつれてお腹がすいてきていた。

　それは空音も同じようで「お腹すいた、これから何か食べに行こうよ」と、放課後になった途端に誘われた。

　今日も部活は休みだし、あたしに断る理由はなかった。

「お弁当を全部残しちゃったから怒られるかも」

　あたしはズッシリと重たいままのお弁当箱をカバンに入れてそう言った。

「仕方ないよ。途中で落としてグチャグチャになっちゃったんだから」

　空音が言う。

　中身はグチャグチャになったけれど、きっと食べられなくはないだろう。

　そう思うと、申し訳なく感じて胸につかえるものがあった。

「ほら、早く行こうよ」

　空音に急《せ》かされて、あたしは慌てて教室を出たのだった。

一階まで下りていくと、視線は自然と保健室のある方向へと向く。

あのあと森本先生は大丈夫だったのかな？

「気になる？」

空音が声をかけてくる。

「ちょっとね。今日の放課後は辻本先生が来なくて、勝手に解散だったでしょ？　大丈夫かどうか聞くつもりだったのにそれもできなかったし」

あたしは放課後を思い出しながらそう言った。

今日の放課後はいつもと少し違っていた。

六時限目の授業が終わり、掃除をして、ホームルームをして終了。

という流れがいつも通りなのだが、今日は六時限目が終わって掃除が終わっても辻本先生は教室に来なかった。

代わりに「放課後になりました。生徒は速やかに帰宅してください」という校内放送が流れたのだ。

この高校に通いはじめて、そんな校内放送が流れたのは初めてのことだった。

みんな一瞬混乱したけれど、帰ってもいいなら帰るしかない。

そしてあたしと空音は、今ここにいた。

「保健室に寄ってから行く？」

空音にそう言われて「いい？」と、あたしは聞く。

「いいよ。死ぬほどひもじいわけじゃないから」

空音が大げさにそう言うので、あたしは笑ってしまった。

しかし、保健室に近づくにつれてどんどん無口になっていく。

まだ昼のような状態が続いていたらどうしようか。

そんな不安が胸の中に渦巻いていた。

「森本先生、いますか？」

二回ノックをして声をかける。

しかし、中から返事はなかった。耳を澄ましてみても何も聞こえてこない。

放課後になったから、みんな帰ったのかもしれない。

「どうする？」

空音が聞いてくる。

誰もいないならそのまま帰ろうか。

そう思った時だった。何か嫌な予感が胸をかすめた。

保健室にいた生徒たちを思い出す。部屋の中をまるでゾンビのように徘徊し、「死にたい、死にたい」と繰り返していた。

彼らは無事に家に帰ることができたんだろうか？

親に電話して迎えに来てもらうと言っていたのだから、きっと大丈夫なはずだ。

頭ではそう理解していた。

でも……。あたしの右手はドアに触れていた。開ける気なんてなかったけれど、どうしても中の様子が気になった。

森本先生がいないなら保健室は鍵がかけられているはず。

そう思ったのに……ドアはスッと開いたのだ。

驚いてあたしは空音を見た。空音は少し不安そうな表情を浮かべている。

「森本先生、いますか？」

あたしはそう声をかけながらドアを大きく開いた。

保健室の中は電気が消されていて薄暗く、人の気配も感じられなかった。

あたしは部屋に入ってすぐ左手にあるスイッチを押して電気をつけた。

保健室の中はパッと明るくなり、同時に床に散乱しているロープが見えた。

四つあるベッドのカーテンはすべて開け放たれていて、シーツは乱れている。その中に森本先生の姿も生徒の姿もなかった。

すぐに普通じゃないことは理解できた。でも、それだけじゃない。

保健室に一歩足を踏み入れてみると途端に異臭が鼻孔を刺激した。

掃除前のトイレの臭いがする。

ベッドに近づくとその臭いはさらに強くなり、四つあるベッドのすべてが糞尿《ふんにょう》で汚れていることがわかった。

「うぇ。何これ」

空音が鼻をつまんで顔をしかめる。

あたしも、急速に食欲が奪われていくのを感じ、すぐに保健室を出てドアを閉めた。

「ベッドの上に排泄物《はいせつぶつ》があったよ」

空音が顔をしかめたまま言った。

「そうだね。それにあのロープ、引きちぎられたようになってたよね。生徒たちを保健室に拘束してたのかな」

「嘘、森本先生がそんなことする？」

「するとは思えないけど、あの生徒たちを見たでしょう？　みんな本当に自殺しそうな勢いだったじゃん。もしかしたら、自殺を止めるために拘束したのかもしれないよ」

「そうだとしても、トイレにも行かせないなんておかしいよ」

空音の言葉にあたしは返事ができなくなった。

たしかにその通りだ。いくら自殺を止めるためだとしても、ベッドの上に垂れ流しにさせるなんてやりすぎだ。

森本先生はそんな人だったのか？

そんな不安と恐怖が浮かんでくる。それに、もう一つ気になることがあった。

あたしは外のきれいな空気を吸い込んで、もう一度保健室のドアを開けた。

「ちょっと愛莉⁉」

「空音は外で待ってて」

あたしはそう言うと、息を止めて保健室へと足を踏み入れた。

散乱したロープに血がついている。これは生徒たちが無理やり引きちぎった時にケガをしたんだろう。

しかも、こっちは……ベッドに近い床には、ところどころ血がついている。

真下へ落ちたのではなく、飛び散ったような血の形跡があるのだ。

「これ、どうしてこんなふうについたんだろう……」

あたしはベッドの付近に付着している血に首を傾げた。

カーテンや床、ベッドのシーツなど、あらゆるところに血の飛び散りがある。誰かが出血しながらダンスでも踊らなければ、こんな広範囲に血がつくことはないはずだ。

だけど、そんなことがあったとは思えない。

「うぅ……」

突如呻《うめ》き声が聞こえてきて、あたしはハッと息をのんだ。

「誰？」

できるだけ相手を刺激しないよう、優しい声でそう聞く。

「その声は……中山さん？」

くぐもった声がベッドの下から聞こえて、あたしは慌ててしゃがみ込んだ。

ベッドの下を見ると、白い目がこちらを見ていた。

「森本先生⁉」

「あぁ……中山さん、よかった……」

森本先生はホッとしたように笑顔を浮かべ、同時に大粒の涙を流しはじめたのだ。

「愛莉、先生いたの？」

あたしの声を聞いて空音が保健室へと入ってきた。

「うん。ベッドの下に」

「ベッドの下？」

空音がベッドの下を覗き込むと、森本先生はしゃくり上げながら這《は》い出てきた。

髪の毛はボサボサに乱れ、頬には引っかき傷のようなものが見える。

「森本先生、大丈夫ですか？」

「大丈夫よ……」

その声はひどく震えている。

「いったい何があったんですか？」

続けて聞くと、森本先生は何かを思い出したように首を左右に振った。

「わからない……わからないの……」

あたしは空音と顔を見合わせた。

森本先生がここまで混乱しているところなんて、見たことがなかった。

いつでも優しくて、お姉さんのように生徒を守ってくれていた森本先生だ。

「愛莉、とにかくここを出ない？　臭いはきついし話ができないよ」

空音にそう言われて、あたしは先生の体を支えて立ち上がらせた。

二人で先生の両脇を抱えてゆっくりとドアへ向かう。

「ごめんなさいね、あたし、先生なのにこんな……」

「何を言ってるんですか。森本先生がこんなふうになるなんて、普通じゃないですよ」

あたしはそう返事をして、ようやく外まで移動した。

どこか別の場所まで移動しようかと思ったが、森本先生の震えが止まらないようなのでいったん廊下に座ってもらった。

空音と二人で森本先生を挟んで座ると、昨日の放課後の出来事を思い出した。

あのおさげの子は大丈夫だったんだろうか？

「何から話せばいいのかわからないけれど……」

そう言いながらも、先生はゆっくり話しはじめた。

朝から自殺衝動を抱いている生徒が保健室に集まりはじめた。

それだけでも今日は異様な日のはじまりだという予感はあったらしい。

渋田さんの自殺が影響していることは、誰だってわかっていたことだった。

先生たちの間では生徒の心のケアを一番に考えることが重要だと、会議でも決まったばかりだった。

とくに、渋田さんが飛び降りた時、その下に偶然居合わせてしまった生徒たちについては、注意が必要だった。

「渋田さんの自殺を目の前で見た生徒たちが全員、保健室に来たのよ」

あたしは保健室にいた男女を思い出した。

「死にたい、死にたいって、彼らは繰り返してたわ。あたしが何を言っても何をしてもまったく届いていなくて、学校の保健室では手に負えないと判断したのよ」

それから森本先生は保護者を呼んで迎えに来てもらう準備をしたり、保護者に電話が繋《つな》がらない生徒は医者へ連れていく用意をしていたらしい。

ここまでは昼間に聞いた通りだった。

けれど、その間に生徒たちの容態はさらに悪化し、保健室の中で暴れはじめる生徒が出はじめた。

そこで仕方なく辻本先生と協力して生徒たちをベッドに拘束したのだそうだ。

あとから問題になる行動かもしれないと思ったが、このままでは本当に自殺してしまう。

生徒の命を守るために決断したことだった。

しかし、それもすぐにダメだと気がついた。

拘束した生徒たちが突然目を見開き唸《うな》り声を上げはじめたかと思うと、次々とロープを引きちぎりはじめたのだ。

体格のいい男子生徒ならまだわかる。しかし、女子生徒まで同じように力ずくでロープを引きちぎったのだ。

それを見た森本先生は愕然《がくぜん》とした。

この子たちは普通じゃない。

すぐにそう感じ取ったが逃げる暇もなく、男子生徒の一人に頬を殴られたのだそうだ。そしてとっさにベッドの下に隠れたのだ。

ベッドの下の隙間から見ていると、ロープを千切った生徒たちは互いに傷つけはじめたのだ。殴り合ったり蹴り合ったり、時には相手の体に噛《か》みつき、皮膚を引き裂いていたという。

保健室に飛び散っていた血液は、生徒たちのものだったようだ。

「どうしてそんなことに……」

すぐには信じられない先生の説明に、あたしはそう呟いて空音を見た。

空音は今の話を聞いて青い顔をしている。

「わからないわ。あたしにも、何がなんだか……」

森本先生はその光景を思い出したのか強く身震いをした。

森本先生が嘘をついているようには見えない。

「でも、その生徒たちはどこへ行ったんですか？」

保健室の中には、隠れていた森本先生しかいなかった。

「わからないの。みんな保健室から出ていってしまったから……」

「それって、ヤバイんじゃないの？」

空音があたしの肩をつついてそう言った。

「だよね。殴り合いをしてた連中がどこにいるのかわからないなんて、危ないと思う。下校時間になったからって素直に帰るとも思えないしね」

あたしは空音の意見に賛同した。

「森本先生、生徒たちを探しに行きましょう？　あたしたちが一緒にいるからきっと大丈夫ですよ」

あたしはそう言い、立ち上がったのだった。

職員室

森本先生から話を聞いていると、生徒たちの学年やクラスはバラバラなのだとわかった。

共通点は渋田さんの自殺を見ていた生徒ということだけ。それだけの共通点でこんな奇妙なことが起こるとは思えなくて、あたしは首を傾げた。

「とりあえず下駄箱を確認してみようか」

学校内をくまなく探す前に、保健室の生徒たちが本当に学校内にいるかどうかを確認したほうがいい。

あたしたちはいったん一年D組の下駄箱へと向かうことにした。

おさげの彼女の顔を思い出しながら下駄箱を確認すると、D組の生徒はほぼ全員校内にいることがわかった。

「まだほとんど帰ってないんだね」

「ほんとだね。今日は終礼がなくて校内放送だったから、みんな帰るタイミングがなかったのかもね」

校舎内ではまだ生徒たちの話し声が聞こえているし、残っている生徒は多そうだ。

隣のC組の下駄箱を確認してみたが、やはり同じようなものだった。

あたしたちB組の生徒も大半が残っているようだ。

「保健室にいた子たちの靴もまだ残ってるみたいね……」

少し顔色が戻りはじめた森本先生がそう言った。

「そうなんですか？　じゃあ、みんなまだ校内にいるんですね」

保健室からどこへ行ってしまったんだろう？

その時だった。

校舎の外を慌てた様子で走っていく数人の先生の姿を見つけた。その中には校長先生の姿もある。

「何かあったのかな？」

先生たちが走っていく様子を見ていた空音が言う。

「わかんない……。もしかして保健室からいなくなった生徒たちのことで何かあったのかも」

あたしは早口でそう言うと、生徒玄関のドアへと近づいた。

全体がガラス張りになっていて、近づくと自分の姿が映る。

登下校の時間はいつも開いているのに、なんで今日は閉められているんだろう？

そう思いながら取っ手に手をかける……が、そのドアはビクともしないのだ。

「あれ？　なんで？」

思わずそんな声が漏れた。

「なに？　どうしたの？」

空音があたしの隣に立ち、様子を見てくる。

「ドアが開かないんだけど」

「えぇ？　嘘でしょ？」

空音があたしに代わって取っ手に手をかけた。

しかし、ビクともしない。

「ちょっと、なんで鍵がかかってるの？」

隣のドアを確認してみるが、やはり鍵がかけられているのがわかった。

「おかしいわね。こんなにたくさん生徒たちが残っているのに鍵をかけるなんて……」

森本先生も鍵がかかっていることを確認して、首を傾げてそう言った。

「いったん職員室へ行きましょう。玄関の鍵を取ってこなきゃね」

森本先生にそう言われて、あたしたちは一度職員室へ向かうことになったのだった。

職員室へ向かいながらも、森本先生はキョロキョロと周囲を警戒していた。

保健室にいた生徒たちがどこにいるのか、怯《おび》えながら探しているのがわかった。

先生をこれほどまで脅かすなんて、かなり恐ろしいことになっているに違いない。

けれど校舎内の景色はいつもと変わらず、あちこちから楽しげな笑い声が聞こえてくる。

渡り廊下で別館へと向かい、職員室のドアを開けた。

瞬間、森本先生が立ち止まったので、あたしはその背中にぶつかってしまった。

「先生、急に立ち止まらないでくださいよ」

鼻の頭をさすりながら文句を言うが、森本先生は振り向かない。

「森本先生？」

そっと声をかけると、突然その場にうずくまり嘔吐《おうと》しはじめた。

突然のことに、思わず悲鳴を上げて森本先生から遠ざかる。

その瞬間……見てしまった。

職員室の中で、血まみれになって倒れている数人の先生の姿を。

「何よこれ‼」

その光景を見た瞬間、空音が声を張り上げる。

職員室の床にはプリントや教科書などが散乱し、大きな机はなぎ倒されている。

その中で数人の先生が倒れているのだ。

スーツ姿だから先生だとわかったけれど、その顔はどれも原形を留めないほどに破損されているのがわかった。
殴ったり蹴られたりの暴行を受けたと思われる先生。
刃物で目や鼻を傷つけられ、血まみれになっている先生。
長い棒状のもので殴られたのか、顔がくぼんでいる先生。
そのどれもが確かに先生で、だけど今は息をしていないただの肉塊になっていた。
見ていると途端に吐き気が込み上げてきて、廊下の隅に吐いてしまった。
世界がグルグルと回っているのがわかる。
昨日までとは違う今日がはじまっている。
いつもの日常から突然投げ出され、迷路の中をさまよっているような感覚。
「と、とにかく警察を」
うずくまっていた先生が立ち上がり、ヨロヨロと電話へ向かって歩き出した。
その時だった。
ゴゴゴッ！
大きな音が響き渡り、校舎が揺れた。
あたしはその場にうずくまり、空音はあたしの横にうずくまった。
地震⁉
そう思ったのもつかの間、廊下の窓ガラスを封鎖するようにシャッターが下りてきたのだ。

「何これ……」

あたしはそう呟き、息をのむ。

廊下の窓ガラスの内側に次々シャッターが下りていく。

「防犯シャッターじゃない？」

空音が顔を上げてそう言った。

そうかもしれないけれど、それなら通路を封鎖するように下げられるはずだ。

こんなふうに、窓を塞ぐなんて見たことがない。

「電話が通じない‼」

職員室の中から森本先生のそんな声が聞こえてきて、あたしと空音は立ち上がった。

血生臭い職員室に足を踏み入れるのは嫌だったけれど、森本先生一人に任せておくのもかわいそうだ。

あたしと空音は死体を踏まないように気をつけながら、職員室の中へと向かった。

職員室には二つの固定電話が置かれているが、そのどちらも外とは繋がらないようだった。

それだけじゃない。職員室の窓も全部シャッターが下りているのだ。

部屋の中は薄暗く、気味が悪い。

「先生、スマホは？」

あたしはカバンから自分のスマホを取り出しながらそう言った。

「そ、そうね」

森本先生はそう言い、白衣から慌ててスマホを取り出した。

しかし、すぐに落胆の色を浮かべる。

あたしは自分のスマホを確認し、その意味を理解した。

電波がないのだ。

「なんで⁉」

いつもは電波があるのに！

空音も自分のスマホを確認し、そして左右に首を振った。

「とにかく、外へ出ましょう」

森本先生はそう言い、生徒玄関の鍵を掴んだ。

別館に外への出入り口はないから、ここから外へ出るには生徒玄関まで行くのが一番近い。

職員室から出ると、途端にざわめきが聞こえてきた。

シャッターが下りたことで生徒たちが異変を感じ取っているのだろう。

「早く行かなきゃ！」

大人数が校内にいる今、大混乱は免れないだろう。電話も繋がらない状態じゃ早く外へ出るしかない。

三人で転がるようにして生徒玄関へと向かうと、そこはすでに生徒たちで混乱状態だった。

「なんで開かないんだよ！」

「シャッター下ろしたの誰？」

そんな声があちこちから聞こえてくる。

「ちょっと、どいて！」

森本先生が生徒をかき分けながら進んでいく。

あたしと空音もどうにかそのあとに続いたのだが……生徒玄関の前にもシャッターが下ろされていて、あたしたちは愕然とした。

「これじゃ外に出られない……」

空音が泣きそうな声で言う。

「大丈夫よ。シャッターは解除できるから」

森本先生はそう言い、生徒玄関の端へと向かった。

確かにそこにはシャッターを下ろすスイッチがあった。森本先生なら、それを戻す方法もきっと知っている。

けど、なぜだろう？　あたしの胸騒ぎは収まるところか、さらに加速していた。

「なんで、動かないの⁉」

しばらくして森本先生の焦った声が聞こえてきて、生徒たちが視線を向けた。森本先生はシャッターを上げるボタンを何度も押しているが、それが反応しないのだ。

「先生代わって！」

近くにいた男子生徒が森本先生に代わってボタンを押す。

しかし、やはり結果は同じ。シャッターは下りたまま動かない。

かなり体格のいい男子生徒が力ずくでボタンを押しても、それは反応しなかった。

次第に生徒たちのざわめきは大きくなっていく。

森本先生もどうしようもないのか、呆然とその場に立ち尽くしてしまった。

「開けてくれ！　俺たちまだ校内にいるんだ‼」

男子生徒の一人がそう言い、シャッターを叩きはじめた。

ガンガンと大きな音が響き渡る。

普段なら耳を塞ぎたくなるような音だけど、今はその音が頼みの綱になっていた。

何人かの男子生徒が力を合わせてシャッターをこじ開けようとしている。

だけど、それもビクともしない様子だ。

「どうしよう、みんなスマホも通じないんだよね？」

近くにいた女子生徒にそう聞くと、「通じなかった」と、落胆した声が返ってきた。

そして、ざわめきの中に泣き声が交じりはじめた時、「みんな、大丈夫か⁉」と言う声が後方から聞こえてきた。

振り向くと生徒たちに交ざり、辻本先生がやってくるのが見えた。

「辻本先生！　シャッターが開かないんです！」

あたしは声を張り上げてそう言った。

「ここも開かないのか」

息を切らしながらそう言う辻本先生。

「ここもって……他の入り口も開かないんですか？」

恐る恐るそう聞くと、辻本先生は真剣な表情で「あぁ」と、頷いたのだ。

「そんな……。それじゃあ、あたしたちは完全に閉じ込められたってことじゃないですか⁉」

「まだ何もわからない。なんで防犯シャッターが勝手に閉じたのか……」

そう言って息を吐き出す辻本先生。

学校中を走り回っていたのだろう、その額には汗が流れていた。

「とにかく、生徒たちをいったん図書室へ移動させましょう。あそこは広いし、座る場所もありますから」

辻本先生が来て、落ちつきを取り戻した森本先生がそう提案した。

図書室は別館の一階にあり、去年改装されてきれいになったばかりだった。残っている生徒全員がそこに集まることはできないが、ここにいる生徒だけなら図書室に入ることはできる。

あたしたちは事態を整理するため、図書室へ向かったのだった。

二章

本

学校内を歩いているとあちこちから生徒の声が聞こえてきた。

それは泣き声だったり、叫び声だったり、怒鳴り声だったり。ついさっきまで楽しそうな笑い声が聞こえてきた校内は、すっかりその色を失っていた。

生徒の中には職員室の様子を見てしまった子もいるだろう。

生徒玄関にいた十五人ほどが図書室へと入っていく。

広いからまだまだ余裕はありそうだ。

あたしは大きめのイスに座り、その隣に空音が座った。

辻本先生はイスには座らず、医学書の並んでいる棚へと歩いていった。

「こんな時に読書でもするのかな?」

その様子を見て空音が呟いた。

「そんなことないと思うよ?」

あたしはそう返事をしたけど、辻本先生が何を思って医学系の本を見ているのかわからなかった。

早く外部と連絡を取って学校の外へ出させてほしい。

森本先生は辻本先生に何かを言われて、歴史書の棚へと向かっていく。

何かを探しているようだ。

他の生徒たちはイスやソファに座り、静まり返っている。

予期せぬ事態に思考回路がついていっていないのか、キョロキョロと周囲を見回して落ちつかない様子だ。

あたしだってそうだ。何が起こっているのかわからないし、不安で胸がいっぱいだった。

図書室の窓にもシャッターが下りていて出られる気配はないし、完全に閉じ込められてしまっている。

だけど、それ以上に気にかかることがあった。

校長と数人の先生たちの行動だ。まだシャッターが下りる前に、校長たちは学校の外へと逃げていたように見えた。

あれはいったいどういうことなんだろう？

まるで、こうなることを知っていて動いていたように見える。

もしかしたら校長は職員室で殺されている先生たちを見つけ、自分たちだけ脱出したのかもしれないと思った。

でもそれだけなら、学校を封鎖してしまう理由にはならない。

警察や救急車を呼ぶだけで事態は収まるはずだから。

考えてもわからなくて、あたしは強く頭を振った。

その時だった。

森本先生が「ありました！」と、声を上げた。

生徒たちの視線が森本先生に集まる。

森本先生の手には分厚い歴史書が見えた。こげ茶色の表紙が日焼けして薄くなっており、『歴代感染症』と書かれているのが唯一読めた。

「それだ！」

辻本先生が森本先生へと駆け寄り、二人は長いテーブルの上で本を広げた。

随分ホコリを被《かぶ》っていて、開いただけで周囲にいた生徒たちが咳込んだ。

「感染症って……？」

あたしはそう呟き、空音と目を見交わした。

「どういうことだろうね？」

どうして、この場で感染症の本を取り出して読んでいるのか。

そんなもの必要ないはずだ。

そう思うけれど、逃げていった校長たちの姿を思い出すと何も言えなかった。

職員室で死んでいた先生たち。

逃げていく校長。

開かないシャッター。

感染症。

それらの単語が絡み合い、結ばれていく。

「まさか、嘘でしょ？」

あたしは思わずそう呟き、席を立って森本先生の横から本を覗き込んだ。

開かれていたページには今から約百年前に流行した史上最悪とも呼べる感染症について書かれていた。

感染後一日～二日で発症。

初期症状は自殺衝動。

その後、強い殺害衝動を抱く。

十五歳から十八歳の男女に感染するケースが多く、誰かを殺害することでウイルスが体内から消滅すると見られている。

感染経路は初期段階で自殺した患者の死体からの空気感染。

なお、患者が生きている間に他者へ感染することはないと思われる。

「何これ……」

読みながら、あたしは目を見開いた。

自殺衝動に殺害衝動?

こんなウイルスの話なんて、今まで聞いたことはなかった。

「ゴールデンウイーク前、南アフリカのジャングルでこのウイルスに感染したと思われるチンパンジーが発見されたんだ」

辻本先生がそう言った。

「え?」

「テレビのニュースでチラッとやっていただけだから気にはしていなかった。その時は人間に感染したとは言ってなかったし、入国制限をしている国もまだない、と言っていたし……。でも、うちの学校の生徒が南アフリカに旅行へ行ったと聞いて、そのニュースを思い出したんだ」

「それって……まさか……」

彼女の明るい笑顔を思い出す。

「渋田咲だ……」

辻本先生の声が響き渡る。

渋田さんが旅行から帰った時、彼女はこのウイルスに感染していた? そして学校で自殺をしてしまったことで、そばにいた生徒たちに感染した?

生徒たちは次々と発症し、保健室で拘束されていたため症状は悪化し、先生たちを殺した……？

　そう考えて、ゾクリと背筋が寒くなった。本当にそんなことがあり得るんだろうか？

あたしたちの年代だけに流行する殺人ウイルスなんて、そんなものが……。

「だから校長は逃げたのね」

　本を読み終えて、森本先生がそう言った。

　拳を握りしめて怒りに震えているのがわかった。

「せ、先生。本気でこんなウイルスが広まっていると思っているんですか？」

　あたしは驚いて森本先生にそう聞いた。

　確かに校長は逃げ出したのかもしれないが、ウイルスが原因だなんて断定するのは早すぎる。

「わからないけど、保健室に来ていた生徒たちの様子をあなたも見たでしょ？」

「それはそうですけど……」

　保健室の中で徘徊するように彷徨っていた生徒たち。

　あの光景は異様だったけれど、その原因がウイルスだなんて信じられなかった。

「ウイルスが原因だとしても、生徒たちにしか感染しないウイルスなら先生たちがここに閉じ込められた理由がわかりません」

　話を聞いていた空音がそう言った。

少しでも今の最悪な可能性を消し去ってしまいたいのだろう。

しかし、辻本先生は左右に首を振った。

「いや、俺たちはきっと生贄《いけにえ》だ」

「生贄……?」

あたしは顔をしかめて先生を見た。

「あぁ。ウイルスは人を殺さないと消えない。そのためには生徒の犠牲になる人間が必要なんだ」

辻本先生はそう言い、大きく息を吐き出した。

自分たちが生贄として校内に残されたという事実が、重たくのしかかってくる。

「辻本先生はどうしてウイルスのせいだって断定できるんですか?」

閉じ込められたことで気が動転しているのかもしれないと思い、そう聞いた。

今の事態を何かのせいにしたくて、ウイルスの話を持ち出したのかもしれない。

でも、辻本先生の真剣な表情は崩れなかった。

「南アフリカのニュースが流れている時、過去の映像も流れていたんだ。それは職員室の中と同じような惨状だった」

「で、でも、それだけじゃまだ決めつけるのは弱いですよね?」

「あぁ。そうかもしれない。特徴と言えば、感染者は相手の顔面を中心に攻撃するという部分だ」
そう言われて、あたしは空音と目を見交わした。
職員室で見た先生たちの死体も、顔が判別できなくなっていた。
辻本先生が言っているのと同じ死に方だ。
緊張で手のひらに汗が滲《にじ》んでくる。
もし、万が一、辻本先生の推測が当たっているとすれば……？
『わかった』
『人殺しにはなりたくない』
おさげ髪の彼女の言葉が蘇ってきた。
彼女は何かの本を読んだと言っていた。そして『わかった』のだ。
自分が、なんの病気にかかっているのか。
そして彼女は『人殺しになりたくない』から、自殺を試みた。
わからなかった部分がどんどん見えてくるようだった。
「ね、ねぇ、あたしたちは大丈夫だよね？」
近くに座っていた女子生徒が不安そうな表情でそう言った。
「そうだよ。もしかしたらもう感染しちゃってるかもしれないんだよね？」
他の子もそんな声を上げる。

「森本先生、どうなんですか？」

男子生徒が森本先生に尋ねる。

森本先生は少し戸惑ったような表情を浮かべたが、すぐに先生の顔つきに戻った。

「よし、じゃあこれから一人ずつ診ていってあげる。みんな順番に並んで！」

森本先生がそう言い、イスに座った。

見たこともないウイルスの診断ができるなんて思えなかったが、森本先生に診てもらうだけでも気分が違う。

先生はきっとそう考えたんだろう。

「君はとても元気そうね。きっと大丈夫、感染なんてしてないわよ」

「本当ですか⁉　森本先生ありがとう！」

森本先生に大丈夫と言われ、涙を浮かべている生徒までいる。

その様子を見ていると、辻本先生が図書室を出ていくのが見えた。

「空音、ついていく？」

「うん、行こう」

今、辻本先生を一人でどこかへ行かせるわけにはいかなかった。

あたしたちは辻本先生に怒られる覚悟で、そのあとを追いかけたのだった。

教室

「辻本先生！」

図書室を出てすぐに声をかけると、前を歩いていた辻本先生は驚いたように目を丸くして振り向いた。

「お前ら、危ないから図書室に戻ってろ」

「そう言われると思ってました。だけど今、危ないのは先生も同じですよね？」

「俺は平気だ。男だし、お前らの先生なんだからな」

「今は、みんなが生贄だって言ったのは先生ですよ？」

あたしがそう言うと、辻本先生はグッと言葉に詰まってしまった。

「武器なら持ってきました」

あたしはそう言い、サインバットを辻本先生に見せた。

杉崎高校の卒業生がプロの野球選手として活動していて、そのサイン入りのバットが図書室に飾られているのだ。

それをちょっと拝借してきた。

「あたしも」

空音がそう言い、分厚い辞書を見せた。

「お前らなぁ……」

呆れたようにため息を吐き出しながらも、辻本先生はどこかうれしそうな表情をしている。

「よし、それならいったん職員室へ行こう。あそこなら使えるものがあるからな」

辻本先生はそう言い、二階へと足を進める。

「せ、先生、職員室は……」

空音が慌ててそう言う。

「ん？　あぁ、大丈夫わかってる。もうすでに何人かの先生が殺されてる。それを見て俺も逃げてきたんだ」

辻本先生は険しい表情でそう言った。

「何人かの先生が死んでいるということは、その人数分の生徒はすでにウイルスが消えているということだ。こんな言い方はよくないけれど、感染が止まったという点ではよかったと思うんだ」

辻本先生の言葉にあたしは頷いた。

確かにそうだ。犠牲になった先生たちには申し訳ないけれど、感染者が自殺をしてウイルスをまき散らすよりはマシだと思えた。

辻本先生やあたしたちは、そのための生贄……。

辻本先生なら自分から犠牲になりそうな、そんな予感もしていた。

そう考えると胸が痛んだ。

職員室の前まで来ると辻本先生は立ち止まり、あたしたちに外で待っているように指示をした。

「辻本先生はすごいね」

外で待ちながら空音がそう言った。

「そうだよね。こんな状況なのにすごく冷静だし、あたしたちのことを考えてくれてるもんね」

あたしは空音の意見に賛同してそう言った。

若くてパワフルだということが、余計に正義感に繋がっているのかもしれない。

「ほら、これなんかどうだ？」

しばらくして先生が戻ってくると、その手にはスタンガンが握られていた。

「なんですか、これ？」

空音はスタンガンを受け取りながら首を傾げた。

黒くて長方形の道具は、パッと見じゃ何かわからない。

あたしはテレビドラマで見たことがあったから、すぐにわかっただけだ。

「護身用のスタンガンだ。防犯ブザーもあるぞ」

辻本先生はそう言うと、あたしと空音それぞれに防犯ブザーを渡してくれた。

今こういうグッズが必要なのは先生のほうなのに……。

そう思いながらも、あたしは防犯ブザーを受け取った。

「職員室っていろいろなものがあるんですね」

渡り廊下を歩いて本館へと移動しながらあたしはそう言った。

「あぁ。最近は物騒になってきたし、先生たちもいろいろと警戒しているんだ。とくに若い女性の先生なんかは生徒から狙われる時もある。スタンガンは頼経《よりとも》先生の私物なんだよ」

辻本先生にそう言われてあたしはスタンガンを見た。

三年生の数学を担当している頼経先生は、若くてとてもきれいな先生だ。

それだけでも男子生徒の標的になることはあるだろう。

先生でも身の危険を感じることがあるのだと知ると胸が痛んだが、なんだか少しだけ安心できた。

あたしたち子どもはもっと声を上げて不安を知らせてもいいんだと思えた。

小さな不安でも、大きな不安でも、恥ずかしがる必要なんてない。

とにかく大人に知らせて助けてもらっていいんだ。

そんなふうに思うことができた。

「頼経先生はまだ校内にいるんですか？」

空音がそう聞くと、辻本先生は少し目を見開いて空音を見た。

「あぁ、そうか、あれだけ破損していればな……」

ボソッと呟く声が聞こえてきて、あたしは思わず足を止めた。

『あれだけ破損していればな』

その言葉が意味するものなんて、一つしかない。

頼経先生は、きっとあの職員室の中にいたのだ。

顔がわからないくらい攻撃されていたから、あたしたちは気がつかなかったのだ。

あたしは空音の手に握られているスタンガンへ視線をやった。

スタンガンを出す暇もなくやられてしまったのだろうか？

それとも、攻撃がきかなかった？

あたしは自分が持っているバットへ視線を向けた。

こんなもので撃退できるのかどうかもわからない。

思い返せば、感染した生徒たちは性別問わず、拘束されていたロープを引きちぎっていたんだ。

もしかして発症後から殺害衝動まで到達すると、人間では太刀打ちできないほどの力を発揮するんじゃないか？　そんな考えが浮かんでくる。

　バットを持つ手にジットリと汗が滲んできているのがわかった。

「頼経先生は今日は休みだから大丈夫だよ」

　辻本先生はそう言い、笑顔を向けた。

　頼経先生が休みなら、私物のスタンガンが職員室にあるはずがない。その矛盾に気がつかず、空音はホッとしたように「よかった」と、ほほ笑んだのだった。


　それからあたしたちは本館の三階へと向かった。

　ここには一年生の教室がある。校内は静かで、どこからも誰の声も聞こえてこない。

　図書室にいた間に何かあったんじゃないか？　そう思うほど静かだった。

　階段を上がって一番端にあるA組の中を覗いてみる。

　誰もいない。

　窓のシャッターは閉められて、電気をつけてもまだ薄暗い雰囲気が漂っていた。

　いつもと違う教室の雰囲気に身震いをする。

　空音が後ろで唾を飲み込む音が聞こえてきた。緊張している様子だ。

　次はあたしたちのクラス、B組。

　ここにも誰もいない。B組の生徒も何人か校内に残っていたと思うけれど、いったたいどこへ行ったんだろう？

そしてC組。

ここにも誰もいなかった。

「みんな、どこに行ったんだろう……」

空音が不安そうな声を漏らす。

まさか、もうみんな感染しちゃったとか発症した生徒に殺されてしまったなんてこと、ないよね？

不安が胸をよぎる。

「大丈夫だ。きっとどこか安全な場所を見つけて避難しているんだ」

辻本先生が明るい口調でそう言った。

学校全体が危険な中、安全な場所なんてない。そう思ったが、不安を煽《あお》るだけなので黙っていた。

そしてD組。

ドアを開けた瞬間、辻本先生が立ち止まった。

「先生？」

後ろから声をかけた瞬間、辻本先生が「大丈夫か⁉」と、声を上げながら教室内へと走っていった。

開け放たれたドアから教室内を見ると、顔色の悪い生徒たちがその場に倒れているのが見えた。

二十人ほどいるが、みんな真っ青だ。

「大丈夫⁉」

あたしと空音も顔を見たことのない生徒に駆け寄った。

全員がD組の生徒というわけでもなさそうだ。

ネームを見ていれば三年生の先輩も交ざっていることがわかった。

「急に気分が悪くなって……」

女子生徒の元に駆け寄ると、ショートカットの彼女はそう言った。

「辻本先生、これって……」

「もしかしたら、感染しているのかもしれない」

真剣な表情でそう言う辻本先生。

これだけの人数が同時に感染しているなんて……。

教室内を見回し、空音が青ざめる。

「まだ感染していると決まったわけじゃないし、とにかくこの人たちをどうにかしなきゃ」

あたしはそう言った。

しかし、具体的にどうすればいいのかわからない。万が一感染していた時のことを想定しても、この状態で体を拘束するのははばかられた。

「……仕方ない、全員保健室へ移動させよう」

しばらく考え込んでいた辻本先生が意を決したようにそう言った。

「全員を、ですか？」

空音が聞き返す。

保健室には二十人も入る余裕はない。

それに、保健室は血と糞尿にまみれている状態だ。

「あたしたち、それでいいです」

ショートカットの女子生徒がそう言った。

「俺も、保健室にいたほうがなんか安心するかもしれない」

近くにいた男子生徒もそう言った。

本人たちがいいと言うなら、否定する理由はない。

あたしたちは二十人の生徒たちと一緒に本館一階の保健室へと足を進めた。

「こんなにも大人数が一気に体調を崩すなんて、何があったんだ？」

辻本先生が、支えながら歩いている男子生徒にそう聞いた。

「わからないんです。ここにいる生徒はみんな文芸部の生徒で、今回話題になっているD組の様子を見に行ったんです。不謹慎かもしれないですが、何かが起こった場所に行くとインスピレーションで物語が下りてくることもあるので……僕たちはそれを期待してD組にいました。すると突然窓のシャッターが下りて、スマホも繋がらないし、混乱しはじめた時に全員の顔色が悪くなって……」

そこまで話して男子生徒は苦しそうに顔をしかめた。

文芸部……。

あたしは文芸部の部室を思い出していた。

本館の一階。

階段に一番近い場所にあったはずだ。

そしてその場所は渋田さんが落下した場所と近かった。

あの時に文芸部の窓が開いていたとしたら?

死体から空気に乗って部員全員が感染していても不思議ではなかった。

そう考えてみると、感染している生徒はまだまだ大勢いる可能性が高い。

ゾロゾロと保健室まで移動してきたが、中の様子を見てほとんどの生徒が顔をしかめた。

当然だろう。

「あたしたちは大丈夫ですから」

　ショートカットの生徒がそう言った。

　中の様子にたじろきながらも保健室へと入っていく。

「無理しなくてもいいぞ？　保健室にはいろいろと揃《そろ》っているから便利だと思ったけど、やっぱりここはやめたほうがいい。人が安心していられるような場所じゃない」

　保健室の様子を確認した辻本先生がそう声をかける。

　自分から保健室を提案したものの、ここまでひどい状態だとは思っていなかったようだ。

「校長室にはソファもあるし、そっちのほうがいいんじゃないですか？」

　あたしがそう提案したが、文芸部の生徒が左右に首を振った。

「いいんです。これから自分たちがどうなるのか、あたしたちもう知っているんですから」

　ショートカットの生徒が目を伏せてそう言った。

「知ってるって、なんで……？」

　辻本先生は驚いたようにそう聞いた。

「僕たち文芸部は図書室の本をよく借りて読んでいます。とくに歴史書。歴史は小説と同じですべての話が繋がっているので、全員で意識的に読むようにしています。その中に、昔流行った感染症について記載されていました」

辻本先生に支えられていた男子生徒がそう言った。

部長なのか、顔色は悪いがしっかりとした口調で話をしている。

「十五歳から十八歳までを中心にかかる感染症。自殺すれば死体からウイルスが空気感染していく」

そう言ったのは他の部員だった。

全員、知っているのだ。

「先生。僕たちを拘束してください」

部長と思われる男子生徒が静かな声でそう言ったのだった……。

体育館

あたしたちは手分けをして文芸部の生徒たちを拘束していった。

生徒たちは狭い保健室にすし詰め状態だが、文句一つ言わなかった。

自分たちの運命を受け入れて、ここで死ぬ覚悟をしている顔だ。

本をたくさん読めば、その分、世界は広がっていく。

彼らは今までに何百、何千という世界をその目で見てきたのだろう。

その中には報われない運命を辿る主人公もいただろう。

だからこそ彼らは普段から悔いのないように生きてきたのかもしれない。

「これで僕たちがここで自殺することはない。感染は防げるはずです。だけど殺害衝動まで至った時が問題です。僕の考えによれば殺害衝動が出てきた人間は人並み外れた力を発揮します。その時に先生たちが勝てるかどうかです」

「ちょっと待ってよ。勝てるかどうかって、それって……」

空音が言う。

「僕たちを殺してください。昔流行った感染症も、感染者を皆殺しにして終息していきます」

彼は静かな声でそう言ったのだった……。

あたしたちは保健室の鍵を閉め、無言のまま図書室へと向かっていた。

辻本先生も空音も何も言わない。

二十人の文芸部の生徒たち全員が感染しているかもしれない。

その可能性はあたしたちを絶望へと突き落とすものだった。

このまま学校から出ることができなければ、きっと生徒全員が感染してしまう。

やがて殺し合いがはじまる様子が目に浮かんできて、慌ててその映像をかき消した。

図書室へ戻ってくると、生徒たちはみんな疲れた表情を浮かべていた。

いつもならもう家に帰っている時間だ。

それが学校に監禁状態になり、精神的にまいっているようだった。

「辻本先生、他の生徒たちはどうでした？」

森本先生にそう聞かれて、辻本先生は左右に首を振った。

それだけである程度理解できたのだろう、森本先生は大きく目を見開き、そして泣きそうな顔になってしまった。

「今はとにかく、ここにいる生徒たちを守ることを優先させましょう。図書室でも十分スペースはあるけれど、災害時に備えた物資は体育館にある」

「そうですね。それでは移動しますか？」

森本先生が辻本先生へ聞く。

「物資をここまで運ぶことは大変ですし、そうしましょう」

辻本先生はそう言い、頷いたのだった。


それからあたしたちは体育館へと移動していた。

体育館は別館の三階にある。

三階全部が体育館と準備室になっているので、結構な広さがあった。

「男子たち、何人か手伝ってくれ」

体育館へ入ると辻本先生がそう言った。

どうやら倉庫の中からマットを出すようだ。

「女子生徒はこっちを手伝ってくれる？」

森本先生がそう言い、壁際へと歩いていく。

「やっぱり、ここのシャッターも閉められてるのね」

黒いカーテンを少し開けて森本先生はそう呟いた。

カーテンの奥には灰色のシャッターが下りている。

「今から二階のギャラリーに上がってこのカーテンを外していくから」

「カーテンなんて、何に使うんですか？」

森本先生についていきながら、そう質問した。

「このカーテンは分厚いし、きっと万能よ。夜は布団になって、昼間は仕切りになるんだから」

森本先生は明るい口調でそう言った。

そう言われれば確かに役立つアイテムかもしれない。

だけど、それを準備しておくということは、いつここから出られるかわからないということを意味していた。

先生たちは最悪の状況を予測して動きはじめている。

二階のギャラリーへ上がって体育館を見下ろすと、男子生徒たちが手分けをしてマットを運び出している様子が見えた。

蛍光灯の光でホコリが舞い上がっているのが見えて、思わず顔をしかめる。

あのマットを干している光景は入学してからまだ見たことがない。

でも、それを言えばこのカーテンだってそうだ。

年に一度の大掃除の時くらいしか、洗濯などはできないだろう。

脚立に乗って手分けをして外していくと、随分と大きいことがわかった。

これならここにいる生徒全員分の掛布団になりそうだ。

女子生徒たちでカーテンを運んで体育館へと下りていくと、そこにはすでに十枚のマットが用意されていた。

一つのマットの大きさは一人が横になれるくらいだ。

「マットの数はこれで全部だ。全員が使えるわけじゃないから、不平等にならないように使ってくれ」

辻本先生がそう言った。

その時、準備室からまだ何か運び出している男子生徒がいることに気がついた。

その手には大きな段ボールや、毛布などが持たれている。

あれが災害時用の備蓄品なんだろう。

段ボールを持っている生徒は顔を真っ赤にして、どうにか足を前に動かしている。

相当重たいようで、あたしは慌てて駆け寄った。

「大丈夫？」

そう声をかけながら段ボールの片方を持った。

それだけでもずっしりと重たい。

段ボールは跳び箱の一番下と同じほどの大きさがあり、その中にぎっしり詰め込まれているようだ。

準備室へ視線を向けると、そんな段ボールがまだまだ積まれていることがわかった。

どうにか辻本先生のところまで移動してきて、あたしは大きく息を吐き出した。

「大丈夫？　中身は何？」

空音がそう聞きながら段ボールの蓋を開ける。

中は飲料と缶詰などの食料が詰め込まれていた。

「すごいね。これだけの量があれば十分だよ」

あたしは思わずそう言い、すぐに口を閉じた。

いつまでここにいるのかわからないのに十分だなんて、誰にも言えないことだった。

だけど食料を確認した生徒たちはホッとしたように口元を緩めた。

「しばらくはこれでしのげるはずだ。だけど、残っている生徒たちはまだ他にいるかもしれない。自分たちだけで全部食べてしまわないように、気をつけないとな」

辻本先生がみんなを見回してそう言った。

誰からともなく「はい」と、返事をする声が聞こえてきた。

すごいな辻本先生は。こんな状況でもちゃんと先生として慕われているんだから。

あたしはそう思い、感心したのだった。

犬猿の仲

「なぁ、これっていったいなんなんだよ」

あたしが一人で感心していると、そんな声が聞こえてきた。

視線を向けると二年生の山本《やまもと》アラタ先輩がイラついた表情を浮かべていた。

見ていたら目が痛くなるほどの金髪で、耳にはたくさんのピアスがつけられている。

他の学年のことはまだ詳しくはないけれど、アラタ先輩についてはいろいろな噂《うわさ》を聞いていた。

いつも別のクラスの妹尾《せのお》祐矢《ゆうや》先輩とケンカをしているらしい。二人は小学校時代からの腐れ縁らしいが、仲よくなったことは一度もなく反発し合っているそうだ。

あたしは視線を巡らせてみると、その先に祐矢先輩の姿を見つけた。

よりによってこの二人がここにいるなんて……。不安が一気に押し寄せてくる。

アラタ先輩と違い、黒髪で眼鏡をかけている祐矢先輩はとても真面目な性格をしていると聞いたことがある。だからこそ、自分の幼馴染が金髪の不良だということにイラ立ちを覚えているのだろうか。

「なんだって、何がだ？」

辻本先生がアラタ先輩に聞き返す。

「この状況に決まってんだろ？　どうせ学校側の演出なんだろ？」

アラタ先輩はそう言い、周囲を見回した。その発言に、あたしと空音は目を見交わす。アラタ先輩は職員室の様子を見ていないのかもしれない。

あんな悲惨なことになっていると知っていれば、この状況を演出だなんて思わない。

でも……何も知らないアラタ先輩にそれを伝えたらいったいどうなるだろうか？

余計パニック状態になり、手に負えなくなるかもしれない。辻本先生もきっとそう考えているのだろう、どう返事をしていいのかわからず黙り込んでしまった。

「俺、そろそろ帰りてぇんだけど」

アラタ先輩が、だるそうな声でそう言った。

周囲が少しだけざわめく。職員室や保健室の様子を見ていない生徒たちから不満の声が漏れはじめた。

「おい、やめろよ」

そう言ったのは祐矢先輩だった。

眼鏡を指先で押し上げながらアラタ先輩へ近づいていく。祐矢先輩に声をかけられた瞬間、アラタ先輩の表情が硬くなった。

「こんなことまでして演出なわけないだろうが」

祐矢先輩は鼻で笑うようにそう言った。

「なんだと？」

「状況をよく見て見ろよ。シャッターは上がらない、先生たちは必死で物資を運ばせている。これらが全部演技だとすれば、僕は辻本先生に主演男優賞を送るよ」

祐矢先輩はそう言い、大げさに拍手をして見せた。それを見たアラタ先輩の顔が、みるみるうちに赤く染まる。しかし、祐矢先輩は拍手をやめない。まるでアラタ先輩を煽っているように見える。

ヤバイ！　そう思った次の瞬間だった。アラタ先輩の拳が祐矢先輩の頬に当たっていた。

パンッと肌を打つ音が体育館の中に響き渡り、近くにいた女子生徒が悲鳴を上げて飛びのいた。

「何すんだよ！」

突然殴られた祐矢先輩が怒鳴り声を上げ、アラタ先輩の胸倉をつかんだ。揉《も》み合いになり、その場に転がる二人。

「やめなさい！」

森本先生がそう言うが、二人の耳には聞こえていない様子だ。あたしたちは殴り合いをする二人を呆然として見つめていることしかできなかったのだ。

パスワード

二人の先輩がケンカをはじめたことで体育館の中は静まり返っていた。
辻本先生が力ずくで二人を引き離したものの、その余韻はまだ続いている。
重たい雰囲気が流れる中、あたしと空音は体育館の壁を背もたれにして座っていた。
祐矢先輩が言っていた通り、これは演出なんかじゃない。
その現実がどんどん流れ込んできて何度も身震いを繰り返した。
先生たちはシャッターを壊すために動いていたが、ビクともしていないようだ。
「どうしてこんなことになっちゃったんだろうね……」
空音がそう呟いた。
「そうだね……」
昨日まではごく普通の日常があったはずだった。
何も変わらない学校生活を送っていたはずだった。
それが、たった一日でこんなにも変わってしまった。
あたしたちは校内に取り残され、殺人ウイルスの恐怖に怯えているのだ。
それはあまりに現実味がなくて夢を見ているような感覚だった。

目が覚めればいつも通り自分の部屋があって、変な夢だったなぁって呟くような。そんな気がしている。

「あたし、見たの……」

近くに座っていた女子生徒が不意に話しかけてきた。

その女子生徒はさっきからずっと震えていて、隣に座っている男子生徒に寄りかかっていた。

「見たって何を？」

あたしはそう聞き返す。

「職員室の……中を……」

彼女はそう言い、自分の膝をきつく抱きしめた。

「大丈夫だよ、友菜《ゆうな》」

隣にいる男子生徒がそう言い、彼女の体を抱きしめた。

男子生徒の目は強さと優しさを兼ね備えていて、それは友菜と呼ばれたその子への気持ちが表れているようだった。

「でも、怖い……」

友菜ちゃんはそう言い、男子生徒に抱きついた。

二人は付き合っているのだろうか？

こんな時に好きな人がそばにいてくれたら、きっと心強いだろうな。

あたしはそう思い、視線をずらして辻本先生を見た。

辻本先生と森本先生は、まだシャッターを壊そうと頑張ってくれている。

その姿はお似合いのカップルのようで、あたしの胸は少しだけ痛んだ。

「職員室なら、あたしたちも見ました」

空音が震える声でそう言った。

友菜ちゃんが顔を上げてこちらを見る。

「惨状でした……」

空音はそう言い、唇を噛んだ。

あの光景は思い出すだけでも辛《つら》かった。

「そうだったんだ……。そうだ、あたしの名前は小野友菜《おのゆうな》。三年C組よ」

友菜ちゃんが思い出したように自己紹介をしてきた。

「俺は友菜のクラスメートの北山真哉《きたやましんや》。君たち一年生だろ？」

そう言われ、あたしと空音は慌てて自己紹介をした。

この状況では学年も年齢も関係なさそうだけれど、普段からの先輩後輩という構図はなかなか抜けきらない。

「できたら仲よくなろうよ。こんなところで一人ぼっちなんてあたしには無理だよ」

友菜ちゃんがそう言い、あたしと空音の手を握りしめてきた。

その表情は不安に満ちている。

あたしも友菜ちゃんと同じ気持ちだった。

「もちろん」

あたしと空音はそう言い、大きく頷いたのだった。


それからさらに三十分ほどが経過していた。

アラタ先輩はマットの上に寝転んで、いびきをかきはじめている。

祐矢先輩はそんなアラタ先輩を見向きもせず、教科書を広げて勉強しはじめていた。

「すごいね、こんな時に勉強だなんて」

友菜ちゃんが呆れたような、感心しているような声でそう言った。

「そうですよね」

空音が頷く。

「もう、敬語はやめてって言ったでしょ？」

空音に対して頬を膨らませて抗議する友菜ちゃん。

呼び方も、このまま友菜ちゃんでいいと言ってくれた。

「ご、ごめん」

空音は慌てて謝り、少しだけほほ笑んだ。

こんな時でも笑顔になれる相手がいるというのは、心強いことだ。

だけど、友菜ちゃんは不安から真哉先輩のそばにいるだけで、真哉先輩の気持ちが届いているわけではなさそうだ。

真哉先輩はさっきから友菜ちゃんに毛布を差し出したり、ペットボトルの水を持ってきたりと、大忙しだ。

ここから出られた時に真哉先輩の気持ちが友菜ちゃんに届けばいいけれど。

そんなふうに感じられた。

「なんだこれは」

辻本先生のそんな声が聞こえてきて、あたしは視線を向けた。

辻本先生は体育館の壁に何かを見つけたようで、食い入るようにそこを見ている。

気になったあたしはすぐに立ち上がり、先生の元へと駆け寄った。

少し遅れて空音も走ってくる。

「どうしたんですか？」

「あ、あぁ……こんなパネル、見たことがない」

辻本先生がそう言い、体育館の中央あたりに位置する壁を指さした。

そこには小さなパネルが設置されていた。

一見するとコンセントの差込口のようだが、それは蓋になっていて中は電子パネルになっているのだ。

「何これ……」

あたしはそう呟き、首を傾げた。

こんなパネル、あたしも知らない。

このコンセントの差込口は夏になると大型扇風機を使うのに使用されていると聞いたことがあった。

それを知っているからこそ、違和感なんて覚えたこともなかった。

それが、蓋を開けたらこんなことになっているなんて……。

パネルを指先で触れてみると、七ケタの数字を入力できるようになっていた。

スマホと同じで画面上に出ている数字を打ち込むようになっている。

「わからない」

辻本先生はそう言い、シャッターを開けようと頑張っている森本先生を呼んだ。

森本先生は力ずくでシャッターを開けようとしたのか、手には傷ができていた。

見ているだけで痛々しい。絆創膏《ばんそうこう》を持ってこようか。

そう思ったと同時に保健室に閉じ込めてきた文芸部の生徒たちを思い出していた。

あたしは強く頭を振って、あの光景をかき消した。

体育準備室に災害用の備蓄品があったということは、手当てする道具も揃っているはずだ。わざわざ保健室に行く必要はない。自分にそう言い聞かせた。

今は辻本先生が見つけた奇妙なパネルに意識を集中させる。

「これ、もしかして数字を入力してシャッターを開けるんじゃないですか？」

森本先生がパネルをまじまじと見つめてそう言った。

どこかの会社でこれと似たパネルを見たことがあるのだそうだ。

「そんな、俺はそんなこと知らされてないですよ」

辻本先生が慌てたようにそう言った。

「あたしもです。でも、生徒玄関でシャッター開閉のボタンを押しても上がらなかったのを覚えていますか？　きっとあそこもこんなふうに暗証番号化されてたんじゃないですか？」

森本先生の言葉に辻本先生は真剣な表情を浮かべた。

「そうかもしれない。でも、いつの間に……」

辻本先生が怪訝《けげん》そうな表情でそう呟いた。

暗証番号に変更されるなら、その時に先生たちに連絡がいってもよさそうだ。

それなのに二人とも知らなかったということは、もっと上の立場の人間が勝手に変えて黙っていたということになる。

そう考えた時、あたしはあることを思い出してハッとした。

「もしかしてゴールデンウイーク中に……？」

そう呟くと、森本先生が驚いたように目を見開いた。

ゴールデンウイーク中なら生徒も先生も少ない。

「そういえば、今年のゴールデンウイークは部活動も停止だって言ってたよね」

空音がそう言った。

そして記憶が蘇る。

ゴールデンウイークに入る前、この体育館で全校集会が開かれた。

その時、校長は今年の長いゴールデンウイークは部活動も停止とする。

そう言っていたのだ。

その理由として有意義な家族との時間、友人関係の絆《きずな》を深めるため、なんて言っていた。

だけど実際はどうなのだろう？

三年生にとっては今年が最後の部活動で、五月中に試合のある部活動もあると聞いていた。

学校側だって部活動に力を注いでいるから、ちゃんとした理由もなく休みにするのは不可解だ。

もしかしたらこの頑丈な防犯シャッターを取りつけるために、部活を停止にしたのかもしれない。

部活が停止になれば自然と学校へ来る先生の数だって減る。

保健の森本先生だって、生徒にケガや病気の心配がないということで学校には来ていなかっただろう。

「辻本先生、南アフリカでウイルスが再発見されたんですよね？」

あたしはそう聞いた。

「あぁ。ゴールデンウイークに入る前だ」

校長先生はそのニュースを聞き、なおかつ渋田さんがゴールデンウイーク中に南アフリカへ旅行することを知っていた。だからこの長期休みを利用して、ここまでの改装工事を、しかも校長の一存で行ったんじゃないだろうか？

まさか本当に感染して戻ってくるとは考えていなかったかもしれないが、万が一の時に備えていたことは確かだ。

あたしたちを閉じ込めるという手段に及んでしまったことが計画通りだったのかどうかはわからないけれど、先生たちにシャッターの暗証番号を黙っていたことが何より重大な証拠になっていた。

校長と一緒に数人の先生が逃げていったのを思い出す。

きっと、あの先生たちも全員がグルになっていたんだ。

そう思うと悔しくて悲しくて、何を信じればいいのかわからなくなっていく。

校長は生徒もここに残された先生も裏切った。

生徒を助けるべき存在の人たちが、こんなにも用意周到に裏切ったんだ。

それは胸の中で大きな悲しみの波となって押し寄せてきて、あたしは思わずその場に座り込んでしまった。

「愛莉、大丈夫⁉」

空音がすぐにしゃがみ込んであたしの顔色をうかがう。

あたしはきっと真っ青になっていることだろう。

座っていることも辛くなって、その場に横になった。

「大丈夫だから、ゆっくり呼吸をして……」

森本先生にそう言われて、目を閉じて大きく呼吸をした。

「七ケタの数字か……」

辻本先生が唸るような声でそう呟いたのが聞こえてきた。

夜

何もできない状態のまま時間は過ぎていき、夜が来ていた。

こんな時間まで学校から出られないでいるから、アラタ先輩も現実を受け入れたようだ。今はみんなと同じように静かに横になっている。

外からの明かりはないけれど、スマホで時間を確認するともう十一時を過ぎたところだった。

体育館の中は照明を落とされ、二つの懐中電灯の明かりが周囲をほんのりと照らし出していた。

あたしと空音は一つのマットを使って二人で横になっていた。

家族も心配しているだろう。でも、誰も助けにくる気配がないのは、なぜ?

もしかして、学校には近づくな、と言われているとか?

あれこれ考えると不安になったけど、親友が隣にいるということであたしの心は驚くほど安定していた。

静かな空間で空音の心音や呼吸音が聞こえてくる。

それを聞いて同じように呼吸を繰り返していると、あたしはいつの間にか眠りについていたのだった……。

しばらく狭いマットの上で眠っていたあたしだったが、物音が聞こえてきて目を覚ました。

一瞬自分の部屋じゃないことに焦り、そしてすぐに事態を理解した。

ここは体育館だ。あれは夢ではなく、本当に起きた出来事だったんだ。

心に重たい気持ちがのしかかってくる前に話し声が聞こえてきて、あたしは視線を巡らせた。

一つの懐中電灯が動いているのが見える。それを持っている人物は暗くて見えないけれど、照らし出している先には森本先生がいた。

森本先生はマットから身を起こすと、懐中電灯を受け取る。

そこでようやく相手の顔が見えた。

辻本先生だ。

そういえば、夜中は交互に見回りに行くって言っていたっけ。

眠る前に先生が会話していたことを思い出して、あたしはそっと起き上がった。

空音はまだ心地よさそうな寝息を立てている。

中には眠れない生徒もいるだろうけれど、みんな静かだった。

「あら、どうしたの？」

あたしが起き上がったことに気がついた森本先生が、小さな声でそう聞いてきた。

「あたしも見回りについていっていいですか？」

「見回りに？　危ないわよ？」

森本先生は少し表情を硬くしてそう言った。

あたしは枕元に置いてあったバットを手に持った。

「危ないのは先生も同じですよ？　いざとなればこれで戦います」

そう言うと、森本先生は呆れたような笑顔を浮かべた。

本当は一人で見回りに行くことが怖かったのだろう、その表情の中には安堵の色も見られた。

「ありがとう。じゃあ、一緒に行こうか」

そう言い、あたしと森本先生は二人で体育館を出たのだった。

体育館の外は電気がついていて、昼間と変わらない明るさだった。

シャッターを閉められているからか、外からはなんの物音も聞こえてこない。

その静寂は背筋が寒くなるほどだ。

「学校内全部を見回りするんですか？」

「ううん。生徒の教室は辻本先生が見てくれているはずだから、あたしはそれ以外の場所を見回るつもり」

森本先生はそう言いながら、まっすぐ階段へと歩いていく。

一番最初にどこに行くのか、すでに決めてあるようだ。

「森本先生、どこから行くんですか？」

そう聞くと、階段を下りる途中で森本先生が立ち止まった。

「保健室よ」

その言葉にあたしは一瞬言葉に詰まってしまった。

「で、でも保健室は……」

「辻本先生から事情は聞いてる。文芸部の彼らが感染していたとしても、様子を見に行ってあげなきゃ」

森本先生が当然だという様子でそう言うので、あたしは何も言うことができなくなってしまった。

感染しているかもしれない生徒と接触をする。それは森本先生とあたしにとっては殺されるかもしれない、ということを意味しているのだ。

それなのに、森本先生は躊躇《ちゅうちょ》なく階段を下りはじめる。

「……先生は、怖くないんですか？」

二階まで下りてきた時、あたしはそう聞いた。

「怖いわよ。だからバットを持っている愛莉ちゃんについてきてもらったんでしょ?」

森本先生はそう言い、おどけたようにほほ笑んで見せた。

先生に『愛莉ちゃん』と呼ばれたことは初めてだったけれど、嫌な気持ちにはならなかった。年上の友達ができたような感覚で胸の奥が温かくなる。

「でも、保健室に行くのに、ためらいはないんですか?」

「それは……ないと言えば嘘になる。だけどね、あそこにはあなたたち以外の生徒がいる。もし感染していなかったら、あの子たちはきっと怖くて震えてるわ。お腹を空かせているかもしれない」

感染していなかったら? そんなこと考えてもいなかった。

文芸部の男子生徒が自分から拘束されることを望んだ時、感染は確実だと思い込んでしまっていた。

「そうですよね……」

あたしは森本先生の考えに感心して頷いた。

「愛莉ちゃんは一応これをつけておいてね」

保健室に近づく前に森本先生がポケットからマスクを取り出してくれた。

万が一に備えて空気感染を防ぐためだ。

希望を捨てずにいる反面、しっかりと感染予防のことも考えている。

さすが森本先生だと思う。

そして、あたしたちは保健室にやってきた。その瞬間、嫌な予感が胸をよぎった。

生徒たちを拘束したあと、ドアはしっかり閉めてきたはずだ。それが今は開いている。

誰かが保健室を開けたか、もしくは中にいた生徒たちがロープを引きちぎって外へ出たか……。

「愛莉ちゃん、大丈夫？」

保健室に近づくにつれて歩みが遅くなるあたしを見て、森本先生がそう聞いてきた。

「だ、大丈夫です」

あたしは慌ててそう返事をした。

本当はすごく怖くて心臓はバクバク音を立てているが、もしかすると襲われるかもしれないのだ。怯えている場合ではない。

「保健室の外で待っていてもいいのよ？」

「本当に大丈夫です！」

あたしがそう言って強く頷くと、森本先生はそんなあたしを見て少しだけ表情を緩めた。

「そう。じゃあ行きましょう」

そう言い、森本先生は保健室へと足を踏み入れたのだった……。

赤い瞳

保健室の中に足を踏み入れて電気をつけた瞬間、真っ赤になった床が見えた。

血生臭さが充満していて、マスクの上から鼻をつまんだ。

「なんてこと……」

森本先生がそう呟く。

後ろから中の様子をうかがってみると、文芸部の生徒たちが横倒しになっているのが見えた。

そのどれもが職員室で見たのと同じで、顔の原形を留めていないものばかりだった。

制服でようやく男女の区別がつく程度だ。

だけど、おかしい。

文芸部の人数は二十人ほどいたはずだ。

保健室はすし詰め状態になり、身動きが取れるスペースはほとんどなかった。

それが、今は倒れているのが十人程度しかいないのだ。

重なり合うようにして倒れていたり、ベッドに横になった状態で動かなかったりしているが、明らかに人数が少ない。

「死んでいるわ……」

森本先生が床に倒れている男子生徒の脈を確認してそう呟いた。

「他の部員たちはどこへ行ったんでしょうか？」

あたしがそう言うと、森本先生はようやく人数が少ないことに気がついたようだ。

「そうね。そういえばおかしいわね」

そう言い、首を傾げる。

続けて「この目もおかしいと思わない？」と、聞いてきた。

そう言われて恐る恐る男子生徒の死体に近づく。

男子生徒の鼻は陥没し、頬は切れて傷だらけだ。

痛々しいその顔に一瞬息をのんで、その目を見た。

半分開かれたままの目はキラリと赤く光り、驚いたあたしは「ヒッ！」と声を上げて飛びのいた。

その拍子に後ろで倒れていた女子生徒の体につまずき、こけてしまった。

お尻からこけたあたしは、痛みに顔をしかめて瞬きをする。

その時だった。

倒れている女子生徒と目が合った。

恐怖と苦痛で歪む顔に見開かれた目。その目は男子生徒と同じ様に真っ赤に輝いていたのだった……。


保健室をあとにした森本先生は、ある仮説を立てていた。

ウイルスに感染した生徒が殺害衝動を持った時、その目は赤色に変化するのではないか。

体内でどんなことが起こっているのかわからないが、保健室にいた生徒の目は全員赤くなっていた。

そして死んでいった生徒の傷を確認してみると、どうやら保健室の中で殴る蹴ると言った殺し合いがあったのではないかと推測できたのだ。

残る十人がどこに行ったのかわからないが、発症して殺し合いをしたのなら、ウイルスは消えているはずだ。

「もし、誰も殺せず、ウイルスが消えていない生徒がいたら？」

歩きながら、あたしは森本先生に聞いた。

「……いち早く見つけないと、大変なことになるわね。どこかで自殺していれば、ウイルスは学校中に広まってしまう」

その言葉にあたしはバットを強く握りしめた。

もしかしたらあたしはもう感染してしまっているんじゃないか？

そんな不安が胸の中に膨らんでいく。

「大丈夫よ。愛莉ちゃんはまだ初期症状も出てないんだから」

あたしの不安を察したように森本先生はそう言ってくれた。

そういえば、D組のおさげの子は駅の中でうずくまっていたっけ。

感染直後に風邪のような病状が出るのかもしれない。

今のところそんな症状はあたしにはない。ホッとしてほほ笑む。

それからあたしは森本先生と一緒に別館一階にあるトイレを確認しに進んだ。

電気はついているけれど、この状況でトイレに入るのは少し勇気が必要だった。

「水は出るのね」

森本先生が水道をひねって水が出ることを確認した。

しかし、その表情は硬い。

「そういえば、感染した生徒たちはどうして学校に来たんでしょう？　みんな体調を崩していたのに登校してくるのって変ですよね？」

トイレの個室を一つずつ調べながらあたしはそう聞いた。

「あぁ、それはね……」

森本先生があたしを見る。

「自分の家族を殺したいと思う？」

「自分の家族を感染させたいと思う?」

続けざまに質問されてあたしは慌てて「いいえ」と、首を振った。

そんなこと思うわけがない。

「でしょう? きっと、感染していた彼らも同じ気持ちだったと思うわ。たとえ自分がどんなウイルスに侵されているかわからなくても、予感みたいなのがあったんじゃないかと思うの」

「予感、ですか……?」

「えぇ。『今日は何か起きそうだなぁ』とか、そういう予感が的中したことってない?」

そう聞かれて、あたしは「あっ」と声に出していた。

予感はきっと誰にでもある。

そして嫌な予感ほど的中してしまうものだということも、誰もが知っているだろう。

「そういうことだと思うわよ」

トイレを探し終えてあたしと森本先生は廊下へと出てきていた。

「誰もいませんね……」

「そうね。おかしいわねぇ」

森本先生はそう言って首を傾げた。

「え……?」

保健室の十人。

それに先生や生徒だって、まだまだ校内に残っていたはずだ。

みんなどこへ行ってしまったんだろう？

もし感染していない生徒がいれば体育館へ呼べばいいし、先生には力になってもらいたいのに……。

何も聞こえてこない静かな校内に、あたしと森本先生の足音だけが聞こえていたのだった。

生存者

「いったん体育館へ戻りましょうか」

別館一階を調べ終えたところで森本先生がそう言った。

「もう戻るんですか？」

「保健室から十人の生徒がいなくなったことを辻本先生にも知らせないと」

そう言いながら階段を上りはじめる。

それもそうだ。もしかしたら十人の生徒たちが体育館へ向かうかもしれない。

階段を上って職員室のある二階へと差しかかった時、不意に物音が聞こえてきてあたしと森本先生は立ち止まった。

あたしはすぐさまバットを構える。

音は職員室の中から聞こえてきた気がする。ゴトゴト、ガサガサと大きな動物が動き回るような音。

職員室のドアの隙間からは明かりが漏れているが見えた。

「誰かいるのかも……」

森本先生が小声でそう言い、職員室へと近づいていく。

もし感染している生徒に出くわしたらどうすればいいんだろう。

森本先生は何か手段を持っているのだろうか？

そう思いながら、あたしはバットを持ち直した。

手には汗をかいていて、今にもバットを滑り落としてしまいそうだ。

できるならこのまま体育館へ戻りたい。音の正体を探るのは辻本先生と一緒がいい。

そんなふうに思う。だけど前を歩く森本先生は歩みを進める。

職員室に近づくにつれてどんどん物音は大きくなっていく。

森本先生の手が職員室のドアに触れて、あたしは唾を飲み込んだ。

「誰⁉」

森本先生が相手を威嚇するように大きな声を上げ、同時にドアを開けた。

瞬間「わっ⁉」という声が聞こえてきて、誰かがお尻からこけるのが見えた。

「福田《ふくだ》先生⁉」

森本先生が驚いた声を上げる。

「え？　福田先生？」

森本先生の後ろからその人物を確認すると、国語の福田和《かず》先生の姿があった。

福田先生は驚いてこけたまま、瞬きを繰り返してこちらを見ている。

「も、森本先生もいらしたんですね？」

四十代後半で中年太りがはじまっている福田先生は、どうにか起き上がって言った。

「はい。辻本先生もいます。福田先生はどうしてここに……？」

「僕は文芸部の担当なので、放課後部室にいて部活動の準備をしていました。その時、突然窓にシャッターが下ろされてパニックになって、どうにかシャッターをこじ開けようとしたけれどどうにもならない。机で破壊しようとした時、勢いがつきすぎてそのまま転んでしまって、持っていた机が頭を直撃してしまったようなんです。で、打ちどころが悪くて今の今まで寝ていたってわけです」

福田先生は説明を終えてため息を吐き出した。

「それでどこにもいなかったんですか……」

文芸部の部室で倒れていたなんて誰も思わないだろう。

辻本先生は本館の生徒教室を見て回ったらしいけれど、部室の確認はしていなかったようだ。

「それにしても、これはいったいどういうことなんですか？」

職員室の中を見て福田先生はそう言った。

職員室には、まだ先生たちの死体がそのまま残されている。

「話は体育館でします。頭をぶつけたのなら診てあげますから、移動しましょう」

森本先生がそう言い、あたしたち三人は体育館へと移動したのだった。

体育館へ戻ると電気がつけられていて、生徒たちが目を覚ましていた。

「愛莉……！」

あたしを見つけて空音が駆け寄ってくる。

「あたしを置いていくなんてひどいじゃない!!」

本当に不安だったのだろう、怒った顔をしている空音の目には涙が浮かんでいる。

「ごめんごめん。空音は気持ちよく寝てたからさ」

あたしはそう言い、バットを枕元へと置いた。

体育館の中を見回すと、辻本先生の隣に数学担当の田井里美《たいさとみ》先生がいることに気がついた。

「田井先生!!」

あたしはすぐに田井先生に駆け寄った。

五十代の田井先生はとても穏やかな性格をしている。怒ったところは見たことがないけれど、怒るととても怖いという噂は聞いたことがあった。

「あら、中山さん。無事だったのね」

あたしを見て本当にうれしそうに笑ってくれる田井先生。

「田井先生も無事だったんですね」

「えぇ。あたしは職員室にずっといたのよ。そうしたらいきなり生徒たちが入ってきて、先生たちを次々と……」

そこまで言い、田井先生は息を吐き出した。

「先生は、それを間近で見ていたんですか？」

「そうね。最初は生徒たちを止めに入ったけれど、彼らは普通じゃなかった。目は真っ赤に輝いて、何を言っても聞こえていないようだったのよ。あたしはその場にいたのに逃げてしまった」

そう言い、田井先生は申し訳なさそうな表情を浮かべた。

「田井先生。それは仕方のないことです」

そう言ったのは辻本先生だった。

「あたしもそう思う」

いつの間にか後ろに立っていた空音がそう言った。

「こんな状況、誰にも予測できなかった。田井先生が逃げたのは正解ですよ」

森本先生が福田先生の体調を確認しながらそう言った。

「そう……ありがとう」

田井先生は笑顔を浮かべる。

「でも、どうやって体育館まで来たんですか？」

あたしはそう聞いた。

田井先生は職員室から逃げて、すぐに外へ出ようとしたそうだ。

その時はまだシャッターは下りていなかった。だけど生徒たちのことが気がかりになり、校内に残っている生徒たちを外へ逃がすように誘導していたそうだ。

その間にシャッターは閉まり、田井先生はここに取り残されてしまった。

それから先生は宿直室に鍵をかけて身を隠していたそうだ。

夜になり、校内が静かになったのを確認して見回りをする中、体育館にたどりついたそうだ。

「田井先生、他に生徒たちは残っていたんですか？」

あたしはそう聞いた。

「わからないわ。あたしが誘導した生徒たちは全員外へ出たけれど、他にもいたかもしれない」

田井先生はそう言い、左右に首を振った。

田井先生が外へ出してくれただけでも、随分と違うだろうと思えた。

あと何人の生徒が校舎にいて、何人の生徒が感染しているのか。

それがわからないのが一番恐ろしいことだった……。

割れる音

それからあたしと森本先生は保健室の状況を説明した。

説明している間に辻本先生の表情はどんどん険しくなっていく。

「その十人がどこにいるか探さないと危ないな」

そう呟く。

「別館の一階にはいないみたいだったけれど、気配を消して動き回るようなことがあればわからないですね」

森本先生が言う。

感染した生徒たちが、どうやって人を殺すのか。

現場を見た限りでは無理やり暴行を加えているだけに見えるけれど、実は殺すために用意周到なのかもしれない。

それがわからない限り、いつどこで生徒と鉢合わせするかわからなかった。

「もう一度、今度は四人で探してみましょうか」

辻本先生がそう言った。

「あたしも行きたい」

そう言うと、「お前はもう十分頑張っただろ」と言われ、頭をポンポンと撫《な》でられた。まるで子ども扱いで、少しだけ不満を感じた。でも、ここで駄々をこねて先生たちを困らせるわけにはいかない。

「それならあたしのバットを持っていってください」

あたしは枕元に置いたバットを辻本先生へと手渡した。

「あぁ、サンキュ」

辻本先生がそう言ってあたしからバットを受け取った、その時だった。

ガラスが割れるような音が体育館の外から聞こえてきて、周囲は静まり返った。

「今の音って……？」

マットの上に座っていた友菜ちゃんが不安そうな表情を浮かべて立ち上がる。

「確認してくる。生徒たちは一カ所に固まってなるべく動かないように」

辻本先生はそう言うと、バットを握りしめて歩きはじめた。

田井先生と森本先生が慌ててそのあとを追いかけた。

福田先生は少し遅れて、重たい体を引きずるようにして歩き出す。

頭をぶつけたのがまだ響いているのかもしれない。

「福田先生、大丈夫ですか？」

その姿が弱々しく思えてあたしは声をかけた。

「大丈夫、大丈夫。心配するな」

福田先生はそう言うと、体育館を出ていったのだった。

先生たちが体育館を出てから十五分ほど経過していた。

しっかりとドアを閉めていかれたので外の様子はわからない。声も聞こえてこないし、不安だけが募っていく。

「先生たち、大丈夫だよね？」

あたしと背中合わせになるように座っていた空音がそう聞いてきた。

「大丈夫だよ！　辻本先生と福田先生は男の人だし、体格もいいもん」

あたしは明るい口調でそう言った。

ここで不安を煽るようなことを言えば、体育館の中の秩序がなくなってしまうかもしれない。

できるだけいい方向へ考えるようにしなくちゃ。

そう思った時だった。

その秩序をかき乱すように突然体育館の外から悲鳴のような声が聞こえてきて、あたしは息をのんだ。

「今の声って……？」

空音があたしの服を掴んでそう聞いてきた。

「わからない……」

そう答えて左右に首を振る。

けれど、今の声は森本先生か、田井先生の声に聞こえた。

「どうする？　行ってみる？」

空音があたしの服を掴んだまま聞いてくる。

できるならすぐに確かめに行きたい、だけどバットは辻本先生に渡してしまった。

「どうしよう……」

そう呟いた時、マットの上で寝転んでいたアラタ先輩が勢いよく起き上がり、そのまま体育館の出入り口へと大股に進んでいくのが見えた。

その手には武器などは何も持たれていない。

「せ、先輩、危ないですよ！」

アラタ先輩に声をかけるのは少し怖かったけれど、あたしはそう言った。

アラタ先輩が振り返り、冷たい目であたしを見る。

その目に睨《にら》まれているような感覚になり、思わず後ずさりをした。

「そうだぞ。一人で動き回るのは危険だ」

祐矢先輩が助け舟を出してくれてホッとする。

しかし、自分たちの間に祐矢先輩が入ってきたことで、アラタ先輩は余計に険しい表情になった。

「悲鳴が聞こえたのに無視かよ」

アラタ先輩は祐矢先輩へ向けてそう言った。

「別に無視をするとは言ってないだろう。一人での行動はやめろと言ってるんだ」

そう言いながら祐矢先輩はアラタ先輩へと近づいていく。

だけど、二人とも武器を持っていない。

あたしは空音を見た。

空音はスタンガンを持っているはずだ。

「空音、あたしたちもついていこう」

あたしはそう言い、走って体育館倉庫へと向かうとバスケットボールを一つ手にして戻ってきた。

役に立つかどうかわからないけれど、何も持っていないよりはマシだ。

本当はバットが欲しいところだけれど、外で活動している野球部の部室は外にある。

体育館の準備室の中にバットはなかった。

「あたしたちも一緒に行きます」

空音と二人で先輩たちの元へ駆けつけると、二人は驚いたように目を見開いた。

「危ないから、来なくていいよ」

祐矢先輩が優しい口調でそう言った。

そう言われると思っていた。

「先輩たちだけで行って何かが起きたらどうするんですか。あたしたちは先輩たちの後ろについていくだけです。何かがあった時、すぐに体育館の生徒に知らせることができるように」

あたしはそう言った。

祐矢先輩とアラタ先輩は目を見交わす。

そしてあたしへと視線を戻した。

「わかった。それならついてきてもらおうか」

祐矢先輩が言う。

「でも、そのボールは必要ないだろうから、置いてこいよ」

アラタ先輩にそう言われて、あたしは自分の持っているボールを見下ろして恥ずかしくなったのだった。

犠牲者

体育館の外は更衣室とトイレくらいしかない。

悲鳴が聞こえてきて体育館を出ると、すぐに倒れている人を見つけた。

白い床に広がる真っ赤な血。その血に空音が息をのむ音が聞こえてきた。

「空音、大丈夫？」

「う、うん……」

空音はどうにか頷き、スタンガンを両手で握りしめた。

「なんだよこれ……」

倒れている人間に近づき、アラタ先輩が顔をしかめて呟いた。

倒れているのは二人だ。制服を着ている男子生徒が、先生の上に折り重なるようにして倒れている。

「どうした⁉」

その声にハッとして顔を上げると辻本先生たちが階段を駆け上がってきた。

「辻本先生……」

あたしは先生に駆け寄りたい衝動をグッと抑えた。

「これ……どういうこと……」
辻本先生の後ろから走ってきた田井先生が目の前の状況に目を見開いた。
森本先生は口を押さえ、涙を浮かべている。
あたしは先生の後ろから覗き込んだが、福田先生の姿がない。
あたしの視線は倒れている生徒の下敷きになっている先生へと向かった。
そのふくよかな体は、さっきからピクリとも動かない。
「これって……福田先生？」
空音が震える声でそう言った。
生徒が折り重なっているため、その顔は見えない。
辻本先生が倒れている二人に駆け寄り、生徒の体を横へずらした。
そこから現れた福田先生の顔に、「ヒッ！」と、小さく悲鳴を上げた。
顔が、原形を留めないほどに破損している。
床に広がる血液は、ほとんど顔から流れ出したものだということがわかった。
あの女性みたいな悲鳴は福田先生のものだったのだ。
突然襲われて、逃げることもできなかったのだろう。
森本先生がどうにか生徒の脈を確認しはじめた。
生徒は気絶しているだけらしいが、その手にはしっかりとカッターナイフが握りしめられていた。

「目の色が戻っていく……」

生徒の目を確認してそう呟く森本先生。

人を殺したからウイルスが消えたんだ。

あたしはその場に膝をついていた。全身から一気に力が抜けていく。

「愛莉、大丈夫？」

青い顔をした空音にそう言われ、あたしはどうにか「大丈夫」と、返事をしたのだった。


体育館の中、あたしは放心状態で壁にもたれて座っていた。

ついさっきまで一緒にいた福田先生が殺されてしまった。

福田先生を殺した男子生徒は体育館に運ばれ、マットの上に寝かされている。

その寝顔を見ていることも辛くて、あたしは視線をそらした。

「先生たち、福田先生の遺体を職員室に移動してるんだって」

空音がペットボトルの水をあたしに差し出して、そう言った。

あたしはそれを受け取り、一口飲んだ。緊張しているからか、喉はずっと渇いている状態だ。

「廊下はアラタ先輩と祐矢先輩の二人が掃除してくれてる」

「え……？」

空音の言葉にあたしはようやく反応を示すことができた。

「あの二人、実は仲よしなのかもね」

犬猿の仲で有名な二人が協力して掃除をしているというのが、あたしには想像できなかった。だけど、こんな状況だからこそ本来の関係を取り戻すことができているのかもしれない。

「……なんだか、悲しいね」

あたしは膝を抱えてそう言った。

「悲しい？」

「うん。人ってこんな極限状態にならないと、本心を言えないのかな」

「愛莉……」

空音が眉を下げてあたしを見た。

普段から言いたいことを言っているつもりだけれど、それでも自分の中で制限をつけていたり、オブラートに包んでいたりする。

そうしないと相手を傷つけてしまうし、自分自身も傷ついてしまうからだ。そうやって自分の言葉をすべて言わないことが当然になっていたけれど、こんな状況になってようやく本音を言えるなんて、とても悲しいことだった。

「あたしは空音のことが大好きだよ」

「何よ、急に」

空音が照れたように頬を赤くする。

告白しているわけじゃないのに真っ赤になってしまうのは、あたしが好きという気持ちを伝えたことがなかったからだ。

「あたしも、愛莉のことが好きだよ」

照れながらも、空音がそう言う。

あたしも恥ずかしくなって空音と同じように顔が熱くなっていくのがわかった。

「後悔しないように、伝えとかなきゃね」

あたしがそう言うと、空音は顔を染めながらも寂しそうにほほ笑んだのだった。

三章

逃走

福田先生の死体が見つかってから一時間ほどが経過していた。

先生たちは体育館に戻ってきていて、ガラスの割れる音の正体はわからないままだと言った。音の正体を探している最中に福田先生が殺されてしまったんだから、仕方のないことだった。

もしかしたら、福田先生を襲った生徒が音を立てたのかもしれない。

誰かを殺したいがために、わざと大きな音を立てておびき寄せた可能性があった。

あたしはそう思い、まだ目を覚まさない男子生徒へ視線を向けた。

起きた時、この生徒は自分がしてしまったことを覚えているのだろうか？

自分が人を殺してしまったという事実を受け入れることができるのだろうか？

そんな疑問が浮かんでくる。ウイルスのせいだとしても、自分の手で人を殺した重圧に耐えられるかどうか、あたしにはわからなかった。

先生も生徒も疲れ切った顔をしている。もうとっくに五月十三日になっているのに、その感覚もない。

「少し、眠ろうか」

辻本先生がそう言った。

「眠くなんてねぇよ」

アラタ先輩がそう返事をした。

あたしも、眠気はとっくに消えていた。今は眠ることが怖い。

暗闇になった時に何かが起こるかもしれないと思うと、とても安心して眠ってなんかいられなかった。

「横になって静かに目を閉じているだけでいい。少しでも体を休めるようにしよう」

辻本先生が言う。

そのくらいなら、あたしにもできそうだ。

あたしは空音と並んで床に寝そべった。マットはないけれど、床の冷たさが心地よく感じられる。そして、辻本先生に言われた通り目を閉じると、あたしはいつの間にか眠りについていったのだった……。


あたしが次に目を覚ました時、体育館の中は騒然としていた。

ハッとして上半身を起こして周囲を見回すと空音が駆け寄ってきた。

「愛莉、起きたんだね」

「うん。空音どうしたの？」

まだ横になっている生徒たちはいるけれど、起きている生徒たちは全員、体育館倉庫の前にいた。

いったい何があったんだろう? まさか、また誰かが犠牲になった⁉

とっさにそう思い、あたしは振り向いた。気絶していた男子生徒は、まだその場で眠っている。

「食料が盗まれたの」

空音の言葉に、あたしは目を見開いた。

「どういうこと?」

そう聞きながら起き上がり、みんなが集まっている倉庫へと足早に向かった。

輪の中には辻本先生が立っていて、困ったようにため息をついている。

「先生、どういうことですか?」

後ろからそう聞くと、辻本先生が振り向いた。

「あぁ、起きたのか。実は食料が段ボール一つ分盗まれたんだ」

そう言い、頭をかく。

「盗まれたって、誰にですか?」

ここにいるのは生徒と先生だけだ。

学校内に取り残されてしまった今、その食料を盗む必要なんてないはずだ。

先生はあたしの質問に一瞬言葉を詰まらせた。だけど隠していてもすぐにバレると思ったのか、ため息交じりに口を開いた。

「おそらく、小野友菜と北山真哉だ」

辻本先生がそう言い、あたしは友菜ちゃんの顔を思い出していた。

ずっと不安そうで泣きそうな顔をしていた友菜ちゃん。

真哉先輩は、そんな友菜ちゃんのそばにずっとついていた。

「起きたらあの二人と一緒に食料が消えていたんだ」

辻本先生が力なく言う。

「そんな……」

「いつまでここに閉じ込められているか、わからねぇからな。自分たちの食い物だけ持って、さっさと逃げたんだ」

アラタ先輩がフンッと鼻を鳴らしてそう言った。

「逃げるっていっても、校内からは出られないでしょう?」

あたしがそう聞く。

「校内から出られなくても、ここにいる全員で食料を分けて食いつなぐよりは生き伸びられる確率は上がる。あの箱一つ分の食料を二人で分けると、かなりの量があるからな」

アラタ先輩がそう答えた。

たしかにその通りだ。二人で分けると一週間分はありそうだ。一日の食べる量を減らせば、もっと食いつなぐことができる。

あとは校内でウイルスに感染しないように、感染してしまった生徒と出くわさないように身を潜めていればいいだけなんだ。

「最低……」

誰かがそう呟いた。

あたしも同じ気持ちだった。最低だ。こんな時だからこそ協力しているアラタ先輩と祐矢先輩とは大違いだ。あの二人は自分が生き延びる方法しか考えていない。

みんなの食料を勝手に盗んでいくなんて、最低以外の何物でもない。

気がつけばあたしは拳を握りしめていた。面識の薄い二人へ向けて怒りが湧いてくるのを感じる。

「みんな、落ちついて！」

そう言ったのは田井先生だった。

「確かに彼らは悪いことをしてしまったけれど、それを責めるのはよくないわよ」

田井先生の落ちついた声が体育館内に響く。

「誰でも失敗や過ちはあります。ここで疑心暗鬼になれば、校内から脱出することもできなくなるかもしれない。もっと最悪な場合、早い段階で食料が尽きてみんな死んでしまうかもしれない」

田井先生の言葉に体育館の中は静まり返った。

人を疑い、反発することは死を早める。先生はそう言っているのだ。

あたしは拳を開き、自分の怒りを鎮めるために深呼吸をした。

「ここに残っているみんなは絶対に裏切らない。だから安心して協力し合いましょう」

田井先生の言葉に生徒たちは自然と「はい」と、返事をしていたのだった。


「田井先生ってさすがだよね」

朝食に配られたカンパンをかじりながら空音が言った。

「うん。生徒たちを上手にまとめてくれるよね」

あたしはそう返事をした。

朝起きた時はどうなるかと思ったが、今はみんな落ちついているように見える。

アラタ先輩だけはまだイライラしている様子だけれど、それを周囲にまき散らすようなことはなかった。

田井先生は今、体育館にいる先生の中では一番貫禄がある先生だ。

小柄で優しげな顔をしているが、生徒のまとめ方は誰よりも上手かもしれない。

カンパンをいち早く食べ終えたアラタ先輩が立ち上がって、体育館の出入り口へと向かっていく姿が見えた。

「おい、どこに行くんだよ」

声をかけたのはやっぱり祐矢先輩だった。

「トイレだ」

短く答えて体育館を出ていくアラタ先輩。すると、祐矢先輩はすぐにそのあとを追いかけた。

「あの二人、どこに行ったのかな?」

空音が不安そうな表情でそう言った。

ただのトイレではなさそうだ。アラタ先輩は食料を持って逃げた二人を探しに行ったのかもしれない。

「まったく、あいつらは……」

辻本先生がため息交じりに呟いて立ち上がる。二人を追いかけるつもりなのだろう。

「先生、あたしもついていきます」

あたしはとっさにそう言っていた。

少しでも長く辻本先生と一緒にいたい。昨日からそんな気持ちが強くなっていた。

「お前はなんでもかんでも首を突っ込みすぎだぞ? 少しは大人しくしておけ」

辻本先生はそう言い、あたしの頭をポンッと撫でた。

大きな手に一瞬、心臓がドクンッと跳ねる。

こんな状況だけれど、うれしいと感じてしまった。

「そうだよ愛莉。あたしたちだって危険な状態なんだからね？」

空音にまでそんなことを言われたら、『先生についていきたい』とは言えなくなってしまった。

「辻本先生、これを使ってください」

空音がそう言うと、スタンガンを先生へと手渡した。

「ん？　いいのか？」

辻本先生は少し戸惑ったような表情を浮かべてそう言った。

「いいです。体育館の中はまだ安全だと思うから」

「それに、あたしのバットもあるしね」

あたしは昨日返してもらったサインバットを見てそう言った。

体育館の中じゃ必要になるシーンはないと信じているけれど、一応だ。

「そうか。それなら遠慮なく借りていくか」

辻本先生はそう言い、空音からスタンガンを受け取ってそれをポケットにねじ込んだのだった。

混乱

それは、辻本先生が外へ出てすぐのことだった。

準備室のほうからガタンッと大きな音がして、みんなが一斉にそちらへ振り向いた。

凍りつくような空気が流れていくのがわかる。

「今の音って何……?」

空音が聞く。

「わからない」

あたしはそう返事をしながらも、自然とバットを手にしていた。

心臓は、辻本先生に頭を撫でられた時よりもさらに早く打ちはじめている。

さっきまで準備室には何もなかったはずだ。

物音が聞こえてくるはずがない。

あたしは恐る恐る立ち上がった。

「ちょっと、愛莉一人で行く気?」

「まさか、森本先生と田井先生についていくだけだよ」

体育館に残っていた二人の先生はすぐに準備室へと走り出している。あたしはバットを握りしめて二人のあとに続いた。空音はため息をつきながらもやっぱり中の様子が気になるのか、あたしの後ろについてきた。

「先生、バットを使ってください」

あたしは先頭を行く田井先生にそう言った。

「あぁ、ありがとう。危ないからあまり近づいちゃダメよ？」

田井先生にそう言われてあたしは「はい」と、小さく返事をした。

やっぱり、田井先生の言葉は一番効果的だ。

あたしは数歩後ろから先生たちの様子を見守ることにした。他の生徒たちも何事かと近づいてきて、準備室のまわりに生徒の輪ができる状態になった。

「森本先生、開けますよ」

田井先生がそう言い、森本先生が頷く。

次の瞬間、準備室のドアが大きく開けられた。

田井先生がバットを握りしめて準備室へと入っていく。

その時、準備室の中に黒い人影が見えた。

ダンボールの後ろに隠れるようにしてサッと身をひそめる。

「田井先生、段ボールの後ろに誰かいる!!」

とっさにあたしはそう叫んでいた。

田井先生が体の向きを変えて段ボールへと近づいていく。その瞬間、段ボールの人影が田井先生の体を押しのけ、こちらへ向けて走り出したのだ。

あたしはハッと息をのむ。

それは体育館に避難していた男子生徒の一人だった。

他に友人がいないのか、昨日からずっと一人でうずくまっていた生徒。

その生徒の両手には食料が抱えられている。

「ちょっと、どういうこと⁉」

混乱する田井先生の声。

男子生徒は食料を抱きしめるようにして準備室から出てくると、周囲の生徒たちにぶつかりながら体育館の外へと走り出した。

「止めて！　誰か止めて！」

森本先生がそう叫びながら生徒を追いかけて走る。あたしの足が生徒を追いかけるために動き出す。しかし……気がつけば体育館にいた生徒たちが、我先にと準備室へと向かっていたのだ。

「え……？」

あたしは思わず足を止め、振り返った。

「食料は俺のもんだ‼」

「ちょっと、あたしにも分けてよ！」

「どけ！　邪魔だ‼」

そんな怒号が飛び交い、段ボールの中から次々と食料が奪われていく。

「なんで……？」

あたしは呆然としてその光景を見つめていた。

みんな血相を変えて食べ物を奪い合う。

そんなことをすれば、食料を確保できなかった生徒が死んでしまうと、わかっているのに。

「やめなさい！　食料はみんなで分けないとダメです‼」

田井先生が準備室の中から必死に声をかける。

しかし、生徒たちには届かない。両手に十分すぎるほどの食料を抱えた生徒たちが逃げるように準備室から出てくる。その目は血走っていてまるで獣のようだ。

いくつも積み重ねられていた段ボールはあっという間に空になっていく。

「あっ……」

思わず、準備室のほうへ足が向いた。

このままじゃ、あたしの食べ物がなくなってしまう。

「やめなさい‼」

森本先生が必死でみんなを止めている。

「愛莉……」

空音があたしの制服を引っ張る。その目には涙が浮かんでいた。あたしはグッと足を踏ん張り、その場に留まった。

あたしまで一緒になって食料を奪うわけにはいかない。でも、今ならまだ食料が残っている。心がグラグラと揺れるのを感じる。

「これは俺のもんだ！」

「せめて水をちょうだい！」

「離してよ！　それはあたしが先に取ってたんだから‼」

そんな声を聞きながら、あたしはぼんやりと考えていた。

そうだ、校内の水は出るんだ。校内の水はとてもきれいな水で、飲めるようになっている。そう思うと心が安定していくのを感じた。

飲み物はある。あとは食べ物だ。食べ物なら、きっと購買にもあるはずだ。

「空音、行こう」

あたしは空音の手を掴んで体育館の出入り口へと向かった。

みんなは準備室に群がっているから気がつかない。

「行くってどこへ？」

「購買」

空音の言葉にあたしは小さな声でそう返事をしたのだった。

体育館の外へ出ると、途端に空気が重たくなったような気がした。

体育館の中にいれば安全。

そんな状況だから、一歩踏み出すと途端に不安になっていく。

徐々に足が重たくなっていき、空音が不安そうな表情を浮かべた。

「愛莉、大丈夫？」

「大丈夫だよ。何も武器がないから、ちょっと不安になってるだけ」

あたしはできるだけ明るい口調でそう言った。

杉崎高校の購買は本館一階にある。生徒玄関のすぐ横だ。

あたしと空音は二階まで下りて渡り廊下へと差しかかっていた。

校内はとても静かで、あたしたち以外にどこに生き残りがいるのかわからない。

何も知らなければ平穏な校舎に見えただろう。

「校長は逃げるだけ逃げて誰にも伝えてないのかな」

歩きながら空音がそう言った。

「たぶん、そうだろうね。外へ出て誰かに連絡していれば、助けが来るはずだもん。

帰ってこないし電話も繋がらないから、親が来てもいいはずだし……」

「そうだよね……」

そう言いながらも、空音はどこか納得できないような表情を浮かべている。

「じゃあさ、田井先生が誘導して外へ出た生徒たちは？」

空音の言葉にあたしは「え？」と、目を見開いた。

「生徒たちは被害者でしょ？　それなら誰かに通報するとか、相談するとか、できるんじゃない？」

「それは……そうだよね……」

空音に言われて改めて違和感を抱いた。本当にその通りだ。明らかな異変を感じて校内が閉鎖状態なら、誰かが通報してくれてもよさそうだ。

「そ、それなら、今頃、外に助けが来てるんじゃないかな？」

渡り廊下を渡り切り、一階へ向かう階段を目指す。相変わらず校内は静かだ。

「外で音がすればさすがにわかるよ……」

空音が俯《うつむ》いてそう言った。

校舎は防音になっているわけではない。外からの音はいつも聞こえてきていた。それが、今は静かだ。

誰も助けになんて来てくれていない。

それどころか、誰も通報してくれていない可能性もある。

やっぱり学校には近づくな、と言われているのかな……。

何か言いたいけれど、何も言えないままあたしと空音は生徒玄関まで来ていた。

相変わらずシャッターは下りたままだ。

しかし、昨日と違うのはシャッターに血がこびりついていることだった。

誰かが必死で外へ逃げようとしたのか、手形のような血があちこちについている。

あたしはすぐに視線をそらした。

「きっと誰かが攻撃されたんだ……」

空音が苦痛に呻くような声でそう言った。

本館一階の音は別館三階までは聞こえてこない。

あたしたちが知らない間に、ここで誰かが助けを呼んでいたのかもしれない。

静かすぎて忘れてしまいそうになる現実が、目の前にあった。

その現実から目をそむけるように足早に通りすぎると、購買が見えてきた。

その場で食べる生徒も多いため、購買は図書室と同じくらいの広さがあるが、今は電気が消されていた。

壁を指先で撫でてスイッチを探す。指先に何かが触れてそれをグッと押した瞬間、柔らかな感覚がしてあたしは動きを止めた。

「愛莉、電気のスイッチはこっちだよ?」

空音の声が聞こえてきて、あたりは急に明るくなる。

眩《まぶ》しさに一瞬まばたきをして自分の触れているものに視線を向けた。

瞬間、声にならない悲鳴を上げていた。

あたしが触れていた柔らかなもの。

それは壁に寄りかかるようにして絶命している女子生徒の指だったのだ。

女子生徒は大きな釘で、壁に両手のひらを打ちつけられている。

胸元は大きくはだけ、下着が足首まで下ろされている。

それだけでも異様な死体なのに、その胸元には包丁が突き立てられているのだ。

「こんな死体、見たことがない……」

あたしはそう呟いた。

今までは顔の原形がなくなるくらいまで攻撃された死体ばかりだった。あちこちに血が飛び散り、性別も判断できないくらいだった。

でも、この死体は違う。顔も体もほぼ無傷で、胸に突き立てられた包丁だけで絶命しているようだ。

「愛莉……この子の目、見て」

空音に言われてあたしは女子生徒の目に視線を向けた。

薄く開けられたままの目は輝くような赤色をしている。

「この子、感染者⁉」

あたしはとっさにその場から飛びのき、両手で口と鼻を塞いだ。

「だけど、どう見ても自殺じゃないよ。これ、絶対に殺されてる」

空音はそう言い、苦痛に顔を歪《ゆが》めた。

「もしかして、発症して誰かを殺そうとして返り討ちになったのかな?」

あたしはそう呟いた。

それにしてもひどい。すぐに殺さず壁に固定して弄んでから殺したんだ。

その有様が浮かんできて、ひどい吐き気に襲われた。

「シャッターについていた手形の人間がここまで逃げてきて、殺したのかもしれないね。でもこれじゃ、感染してない人間のほうが怖いよ!」

空音が叫ぶ。その声は怒りと悲しみで震えていた。

「感染者は人間じゃない。きっとそんな考え方の奴がいるんだよ」

あたしはそう返事をして周囲を見回した。

この子の手を固定するために使ったと思われる金槌はどこにも落ちていない。

犯人が持ち去ったのだろう。

普段は整然と並べられているイスやテーブルは散乱していて、その中に見つけたドライバーを手に取った。イスのネジを直すために用意されていたのか、近くには逆さまに置かれた状態のイスもある。

あたしは女子生徒の死体に近づき、ドライバーを釘の頭に引っかけた。

力を込めて、テコの原理で釘を抜く。大きな釘は壁の奥深くまで打ち込まれていて、一本抜くだけでも随分時間がかかった。

「もう片方はあたしがやる」

空音がそう言い、あたしの手からドライバーを取った。

力を込めた手のひらは赤くなっていた。

空音がどうにか釘を抜いた瞬間、その場にダラリと倒れ込む女子生徒。

あたしは女子生徒の服の乱れを直すと、その目を閉じてハンカチで顔を隠した。

この生徒の魂が少しでも安らかな眠りにつけますように。

そう、願って……。

疑念

空音と二人で食堂内を調べると、思った通り十分な食料があることがわかった。だけど、これを体育館へ持って帰ることはできない。そんなことをすれば、また取り合いになってしまうだろう。

あたしと空音は今日の分の栄養を取るため、ここで少し食べてから戻ることにした。調理室に入り、ステンレス製のテーブルに身を隠しながら、賞味期限の切れたパンを口に運ぶ。普段なら絶対に口にしないようなそれも、今はとてもありがたいと感じられる食べ物だった。

「ここに食料があることはきっと他の生徒も気がついてるだろうね」

空音が言う。

「そうだね。少なくてもあの子を殺した犯人は食堂に入って包丁を盗んでる。きっと食べ物があることも確認してるよ」

そう言いながら、ふと違和感が胸を刺激した。

犯人はあの子を釘で壁に固定している。ということは、最初から金槌を持っていたことになるのだ。なのにどうしてわざわざ包丁で殺したんだろう？

疑問を感じながらも、怒りが込み上げてきていた。

感染者を人間とは思わない。それはあたしも同じようなものだった。

感染した人間は人を殺す。恐ろしい化け物だと思っていた。

でも……感染者だってもともとは杉崎高校の生徒だ。一緒に勉強をしたり部活をしたりしていた仲間だ。

それをあんなにも残酷に殺すなんて……悪魔だ。

そしてその悪魔はこの校内にいる。そう思うと身の毛がよだつ思いだった。

「愛莉、そろそろ行こう？」

パンを食べ終えた空音がそう言い、立ち上がる。

あまりここに長居していたくないんだろう。

「ちょっと待って。食料を少しだけ移動しておこう」

死体が寝かされていることに犯人が気がつけば、ここに誰かが足を踏み入れたのだと気がつくだろう。そうなると食料を持って逃げられてしまうかもしれない。

すでに情緒や法律といったものが崩壊しているような人間相手じゃ、まともな交渉もできなそうだ。

あたしと空音は袋にパンを詰めて食堂をあとにした。そして、生徒玄関の掃除ロッカーの中にそれを入れる。

ここなら誰も確認しないだろう。

いざとなれば、食べ物を持っていない生徒に分けてあげることもできる。

少しだけ安堵して、あたしたちは体育館へと戻ったのだった。


体育館に戻るとみんながバラバラに座っていることに気がついた。

昨日までは肩を寄せて隣り合って座っていた子たちも、今は違う。

互いに目をギラつかせて睨み合っている。きっと、食べ物を奪い合ったからだ。

人数も当初より減っている。

今は協力し合わないといけないのに、みんなの心は完全にバラバラになってしまっていた。

「二人とも、どこに行っていたの⁉」

森本先生が心配していた様子でそう声をかけてきた。

「トイレに行ってました」

あたしはたどたどしく返事をする。

森本先生に嘘をつくのは心が痛かったけれど、今は本当のことを伝えるわけにいかなかった。

「そう……」

先生は生徒の嘘を見抜く余裕もないのか、すぐにあたしと空音から視線を外した。

「辻本先生はまだ戻ってきてないんですか？」

「そうね。アラタ君と祐矢君もまだなのよ」

森本先生がそう返事をしてくれた。

体育館の時計で時間を確認すると、もう十一時になりそうだ。

三人が体育館を出てから二時間は経過している。

校内を探すのにそんなに時間がかかるだろうか？

そんな疑問が浮かんできた時だった。

体育館のドアが開いた。

「辻本先生！」

田井先生がすぐに気がつき、助けを求めるように駆け寄っていく。

「どうしたんですか？」

田井先生の様子と体育館の様子を見て目を丸くする辻本先生。

あたしは、そんな辻本先生の手に少量の赤い血がついていることに気がついた。

何かあったのだろうかと不安になるが、辻本先生は田井先生から体育館内での出来事を聞いていてこちらを向いてくれない。

あたしは仕方なく祐矢先輩とアラタ先輩へと視線を向けた。

二人ともとても疲れている様子で、制服もところどころ汚れているように見えた。

「外は大丈夫だったんですか？」

そう聞くと、二人が同時にこちらを振り向いた。

「あ、あぁ。まぁな」

そう言うアラタ先輩が、とっさにポケットに何かを隠すのが見えた。

しかしそれは隠しきることができず、茶色い木の棒のようなものがはみ出してた。

そう、それはまるで金槌の柄の部分のような……。

「これ、サンキュな」

そんな声が聞こえてきて振り向くと、辻本先生が空音にスタンガンを返しているところだった。

その手にはやっぱり血がこびりついている。金槌に血。

あたしは食堂で見た女子生徒の死体を思い出していた。

釘を打ちつけられ、刃物で殺されていた女子生徒。生徒玄関には血の手形がいくつもついていた。

あたしはまた辻本先生の手元へと視線を移した。

まさか、そんな。

そんなことあるはずがないという思いと、そうかもしれないという思いがあたしの胸に襲いかかる。

「本当に、外は大丈夫だったんですか？」

あたしは、もう一度アラタ先輩と祐矢先輩にそう聞いた。

「なんだよ、しつこいな」

アラタ先輩はイライラした様子でそう言い、そっぽを向いてしまった。

「大丈夫、心配するようなことは何もないから」

祐矢先輩は穏やかな口調でそう言った。

本当だろうか？

それならどうして辻本先生の手に血がついているの？

そう聞きたかったけれど、怖くて聞くことはできなかった。

「友菜ちゃんと真哉先輩は見つかりましたか？」

質問を変えてみると、途端に祐矢先輩は焦ったように「あぁ、うん、まぁね」と、言葉を濁した。

「二人はどこにいたんですか？」

「どこって……」

あたしの質問に祐矢先輩は困ったように頭をかく。

答えられないのだ。

辻本先生も先輩たちも、二人を見つけることはできていないんだ。見つけようと探しに出たけれど、そこで感染していた彼女と鉢合わせをして攻撃を受けた。

金槌はどこか別の場所で見つけたのだろうけれど、三人で食堂まで逃げて彼女に襲いかかった様子が浮かんできた。

いくら感染していても、少女一人が男三人にかなうとは思えない。

知らないうちに険しい表情になっていたようで、空音が心配そうに「大丈夫？」と、聞いてきた。

空音は何も気がついていないようだ。

「だ、大丈夫だよ」

あたしはそう言い、無理やり笑顔を作った。

辻本先生がそんなひどいことをするなんて思いたくはなかったけれど、今は疑念を晴らすことができそうになかった。

持病

それからまた数時間が経過していた。

アラタ先輩と祐矢先輩は疲れているのか、マットに寝転ぶとすぐに寝息を立てはじめた。

辻本先生は森本先生たちと何かを話している。

時々「パソコンで」とか「ダメでした」という単語が聞こえてくる。

もしかしたら、学校内にあるパソコンで外部との接触を試みたのかもしれない。

それすらできなかったとすれば、状況は絶望的だと思えた。

あたしと空音は壁を背もたれにして、ぼんやりと時間を過ごしていた。

このまま何もできずに時間だけが過ぎていくのだろうか。

いつか訪れる死を意識して、あたしは空音の手を握りしめた。

「愛莉？」

「……なんでもない」

あたしは空音から手を離さず、そう言った。

体育館にいる生徒たちは、みんな一様にグッタリとした表情を浮かべていた。

数時間前に食料を奪い合ったため、精神的に追い詰められているのかもしれない。

そうなったのも、自分たちが理性を失ってしまったのが原因だ。

その中でも一際目立っていたのは、福田先生を殺したあの生徒だった。

長い時間気絶していたけれど、少し前に目が覚めていた。

田井先生から水を貰《もら》って飲んでいたが、その顔色は青ざめたまま変わらない。

目の色は黒く、周囲を攻撃するような素振りは見せないから、きっとウイルスは消えたのだろう。

だけど、彼は時々思い出したように強く身震いをして、自分の体を抱きしめた。

自分がウイルスに感染していた時の記憶をしっかりと持っているのかもしれない。

誰も、彼に話しかけようとはしなかった。それどころか、まるで汚いものを見るような目で彼を見る。時々聞こえてくる話し声は彼に対する罵倒も含まれていた。

福田先生を殺しているのだから当然かもしれないが、一番怖がっているのは彼自身のように見えていた。

あたしは自分で自分がコントロールできない間に誰かを殺してしまったら、それを受け入れることができるだろうか？

そう考えてみると、到底無理な話だった。

いくら言い訳をしたって、それがまかり通るとも思えない。

自分で自分のことが怖くなって当然だった。

彼は今そんな状態だ。きっと、彼は支えになってくれる人が必要になる。

それでも自分から話しかける勇気はなくて、時折、田井先生に声をかけられている彼を遠目から見ていることしかできなかった。

せめて彼を怖がらないこと。それが、今のあたしにできる精いっぱいのことだった。

「ね、あれ見て」

空音にそう言われて視線を移すと、一人の女子生徒がカンパンを配っているのが見えた。

食料を手にすることができなかった子たちに、少しずつ分けてあげているようだ。

「あの子、自分のために食べ物を奪ったわけじゃなかったんだ……」

あたしは驚いてそう呟いた。

ショートカットの彼女はあたしたちに気がつき、ゆっくりと近づいてきた。

とても小柄で可愛らしい子だけれど、胸につけられている名札には三年D組と書かれていた。

とても先輩には見えなかった。

「これ、よかったら食べてね」

先輩はそう言い、華奢《きゃしゃ》な手でカンパンを差し出してきた。

その手は傷だらけで、必死になって食料を確保したのだということがわかった。

その優しさに胸の奥がジンと熱くなるのを感じた。

「ありがとうございます。でも、あたしたちは大丈夫です」

あたしはそう返事をすると、先輩は少し戸惑ったように視線を泳がせる。

「実は、さっき少し食べたんです。朝ご飯の残りを」

空音が隣からそう説明した。

優しい先輩に嘘をつくのは忍びなかったけれど、みんながいる中で食堂にある食料のことは言えなかった。

「そうなの？　大丈夫？」

先輩は心配そうにそう聞いてくる。

「大丈夫です」

あたしはニッコリとほほ笑み、そう返事をしたのだった。


異変が起きたのはそれからすぐのことだった。

昼食を終えてそれぞれこれからどうするかを考えていた時、一人の男子生徒が突然青ざめはじめたのだ。

「ちょっと、どうしたの⁉」

男子生徒の隣にいた女子生徒が慌てた様子でそう言った。

その瞬間、体育館の中がざわめきに包まれた。

突然顔色を悪くして倒れる男子生徒に、辻本先生が駆け寄る。

「田村《たむら》、どうした⁉」

辻本先生の言葉にあたしは空音と目を見交わした。

田村先輩という名前には聞き覚えがあったからだ。

直接会話をしたことはないが、入学してすぐの時に生徒会長として体育館のステージに立って挨拶していたのを見た。

「田村君、どうしたの⁉」

女子生徒は今にも泣き出してしまいそうだ。

「赤川《あかがわ》、少し下がっていろ」

辻本先生が女子生徒へ向けてそう言った。

名前を呼ばれた女子生徒はイヤイヤと首を振りながらも、数歩後ずさりをした。

「おい、まさか感染してんじゃねぇだろうな‼」

いつの間に起きたのか、アラタ先輩がそう怒鳴った。

みんなも同じ不安を抱えているのに、どうして余計混乱するようなことを言うんだろう。あたしはアラタ先輩を見てイラ立ちを覚えた。

やっぱり、あの食堂にいた生徒はアラタ先輩にやられたのかもしれない。

アラタ先輩の一言のせいで体育館の中に悲鳴に近い声が響き渡った。

赤川先輩以外の全員が田村先輩から距離を取る。田村先輩は床に横になり、大きく呼吸を繰り返している。

「おかしいわね。今まで発症してきた生徒たちは、こんなに急な変化はなかったはずなのに……」

森本先生が田村先輩の隣に座り、深刻な表情でそう言った。

「俺は……感染はしてません」

田村先輩が苦しげな声でそう言った。

「俺は一日一回投薬が必要なんです……それが、昨日は飲めなかったから……」

「え？」

森本先生が驚いたように目を見開いた。田村先輩は何か持病を持っていたようだ。

「田村君！　ここから出たらすぐに薬は手に入るんだから、頑張って！」

事情を知っているのか、赤川先輩は懸命に声をかけている。

しかし田村先輩の顔はどんどん青ざめていく。

「田村先輩の病気ってなんだろう」

空音がそう聞いてきた。

「わからない」

あたしはそう返事をして左右に首を振った。

でも、見ている限りとても大変な病気なのだろう。たった一日、薬が飲めなかっただけでこんなに急変するのだ。もしかしたら、命に関わることなのかもしれない。

そんな不安が胸の中に膨らんでいく。

「保健室にある薬で代用できないのかな」

空音がふと気がついたようにそう言った。

「保健室の薬？」

あたしはそう聞き返した。

「うん。どんな病気かわからないけれど、苦しみを少しでも減らせるようにならないかな？」

田村先輩は横になったまま、きつく目を閉じている。本当に苦しそうだ。

「森本先生に相談してみよう」

あたしはそう言うと、空音と二人で森本先生へと近づいた。

「森本先生、保健室にある薬品で代用ができませんか？」

空音が言う。

すると森本先生は驚いたように目を見開いて「保健室の薬品で？」と、聞き返してきた。そして同時に暗い表情を浮かべる。

「保健室には確かにたくさんの薬品を置いてあるけれど、それは応急処置として使えるものばかりよ。田村君のように持病を持っている生徒に効果的な薬なんて、置いてない」

そう言い、ゆっくりと首を振った。

やっぱり、そうなんだ。

だけどあたしは引かなかった。

「それでも、痛みや苦しみを軽減させる薬ならあるんじゃないですか？」

「それは……そうね。そういった類いのものならあるわ」

森本先生の表情が明るくなる。

「田村君に効果があるかどうかわからないけれど、症状を確認しながら使ってみるのもいいかもしれないわね」

森本先生の言葉に、あたしと空音は顔を見合わせてほほ笑んだ。

「誰が保健室まで取りに行くんだよ」

そう言ったのはアラタ先輩だった。いつの間にかあたしたちの後ろに立っていた。

その表情はとても険しくて、なぜだか怒っているように見えた。

「心配しなくても、アラタ先輩には頼みません。あたしが行きます」

あたしはアラタ先輩を睨み返してそう言った。

「お前、外がどうなってるか知らねぇだろ」

「それは……でも、予想はついています」

さっき食堂まで行ってきたことは言えなかった。

「ダメだ。危険すぎる」

そう言ったのは辻本先生だった。

「じゃあ、どうするんですか⁉　田村先輩はこんなに苦しんでいるんですよ⁉」

あたしは思わず声を荒らげてそう言った。

苦しんでいる田村先輩をこのまま無視しろと言うのだろうか？

そんなこと、できるわけがない！

今は一人でも多く生き残って学校から出ることを考えなきゃいけないのに、見捨てるなんてできない。

そう思っていると、辻本先生が小さくため息を吐き出した。

「……仕方がない。俺が行ってくる」

そして、そう言ってくれたのだ。

一瞬うれしくてほほ笑んだ。

しかし、すぐに辻本先生の手についている血を思い出して、あたしの笑みは消えていった。

「それなら俺も」

アラタ先輩が名乗り出る。

あたしはアラタ先輩のポケットに入れられている金槌に視線を向けた。

ダメだ。

この二人はとても信用できない。

保健室へ行ってもちゃんと薬品を取ってきてくれるとも限らない。

「おい、やめとけよ」

祐矢先輩が、しかめっ面をしてそう言ってきた。

一番真面目な祐矢先輩が二人を止めるということは、さらに信用ができなかった。

「……あたし、一人で行く」

あたしはそう言い、バットを強く握り直したのだった。

移動

アラタ先輩や辻本先生が引き止める声も聞かず、あたしは一人で体育館を出た。

さっきは空音も一緒にいたからまだ心強かったけれど、今は一人ということで足がすくむ。

いったん立ち止まり、大きく息を吸い込んだ。

大丈夫。きっと、大丈夫だ。

自分自身にそう言い聞かせ、バットを構えてゆっくりと歩き出す。

二階へと続く階段を下りていくと、自分の足音がやけに大きく響いて聞こえた。

保健室へ行って、そこに置いてある薬品を取ってくる。たったそれだけのことが、ものすごく大きなミッションのようにのしかかってきている。

二階へ下りて、渡り廊下を歩く。

シャッターは相変わらず閉められていて、外からの音は聞こえてこない。

本当に誰も、あたしたちのことなんて探していないのではないか?

外の世界は今どうなっているんだろう?

自分たちを除いて、平穏な日常が広がっているかもしれないと思うと、胸がギュッと締めつけられるような思いだった。

渡り廊下を渡りきり、また階段を下りていく。

今のところ校内で物音は聞こえない。

みんなどこへ行ったんだろう?

もしかしたら、もう死んじゃったのかな?

そう考えて、強く首を振った。一人だと、どうしてもよくない方向に物事を考えてしまう。

「大丈夫。きっとみんなで帰ることができる」

自分に言い聞かせるように呟くと、その声は本館一階の廊下に大きく響いた。

そして目の前に現れる、保健室。

思えばここからはじまったんだ。

放課後ここへ来ると騒然とする景色が広がっていた。

糞尿にまみれたベッド。

千切られたロープ。

ところどころに飛び散った血痕。

そして、ベッドの下に身を隠していた森本先生。

思い出して、あたしは保健室の前で立ち止まった。

そっとドアに耳を近づけ、中の様子をうかがう。

物音はしない。

だけど、ここには文芸部の十人の死体が転がったままだ。

保健室の外にまで、その血生臭さは漂ってきている。

部屋の中に死体があると知っていても、緊張した。

あたしはそっとドアに手をかけて、ゆっくりとスライドさせた。

ガラガラと音を立ててドアが開く。

瞬間、目の前に折り重なって倒れている生徒たちが見えてあたしは顔をしかめた。

あれから時間が経過したからか、血は乾燥してあちこちにへばりついていた。

あたしはなるべく死体に視線を向けないようして保健室の中へ入ると、入って右側の棚へと向かった。

ガラスの棚の中にはいろいろな薬や薬品が入れられている。説明書きを読んでもよくわからないので、近くにあった紙袋に薬を入れていくことにした。

紙袋は有名な和菓子屋の袋だ。

森本先生が和菓子が好きだと言っていたことを思い出す。

きっと、誰かからの差し入れがあったんだろう。

こんな非日常的なことが起こっているのに、ここには数日前までの日常が残っていて、なんだか切ない気持ちになってしまった。

それでもどうにか薬品を袋に入れ終えると、あたしは体の向きを変えた。

あとはこれを体育館へ運ぶだけだ。しかし、紙袋はずっしりと重たくて、片手でバットを持っている状態ではすぐに攻撃態勢に入ることができないことに気がついた。

「……ここまで何もなかったんだから、きっと大丈夫だよね」

あたしはそう呟いた。

片手に紙袋、片手にバットを持って出口へと向かう。

その時だった。

視界の端に死んでいる生徒が見えた。文芸部の十人。

それはわかっていたのだけれど、違和感を覚えて立ち止まった。

恐る恐る視線を移動させ、生徒たちの死体を見る。

何かがおかしい。前回ここで死体を見た時と比べて何かが変化している。

その変化を確認したいけれど、恐怖で頭の中は真っ白だ。

心臓はバクバクと音を立てているし、体中から汗が噴き出している。

「え……？」

そんな中、あたしは一つの変化を見つけ出して思わずそう声に出していた。

折り重なる死体の中、一人だけきれいな死体が交ざっていたのだ。

保健室の中は血まみれで、文芸部の十人は互いに殺し合っていた。

それにしては、きれいな死体。

そっと近づいて確認してみると、その男子生徒は額が大きく陥没していた。しかし、それ以外の外傷は見られない。顔だけで男だと判断できる死体だ。

あたしはゆっくり呼吸をして、自分を落ちつかせた。そして、一人一人、死体の数を数えていく。一人、二人、三人……八人、九人、十人……。

瞬間、体中の身の毛がよだった。

「嘘でしょ……」

最後の一人。

あの、きれいな死体を見る。

十一人……!!

あたしはとっさに逃げようとして後ずさりをし、そのまま足を絡ませてこけてしまった。死体の数が増えている!! しかもあの死体、今まで感染者に殺された感じとは全然違う。額にできた傷はまるで……。

そこまで考えた時「何してんだ」という声が聞こえてきて、あたしは大きな悲鳴を上げた。

振り返ると、そこには辻本先生が立っていた。

「辻本……先生……」

声が震えてうまく言葉が発せられない。

辻本先生の後ろからアラタ先輩が出てきた。その手には金槌が握られていて、金槌の先端部分が赤く染まっているのがわかった。

あたしは小さく悲鳴を上げて、四つん這いになって保健室の中を逃げた。

涙が滲み保健室の中が歪んで見える。

「これが薬か」

辻本先生がそう言い、紙袋を手に取った。

「やめて!!」

あたしはとっさに叫んでいた。

「は？　何を言ってるんだ」

「それを持っていかないで！　田村先輩を助けるんだから!!」

泣きながら叫ぶ。自分でも情けなくなるくらい、顔を歪めた。

「わかってる。そのためにここまで来たんだろ」

アラタ先輩がそう返事をした。

「し……信用できない」

グッと涙を押し込めてあたしは言った。

「なんだよ、それ」

アラタ先輩は顔をしかめてあたしを見る。

「だ……だって……」

あたしは次の言葉を紡ぐことができず、代わりに死んでいる男子生徒を指さした。

その瞬間、二人の顔色が変わったことをあたしは見逃さなかった。

「あ……あんたが殺したんでしょ⁉　その金槌で‼」

あたしは叫び、アラタ先輩の持っている金槌を指さした。

アラタ先輩は一瞬あたしを睨んだけれど、すぐに諦めたように息を吐き出した。

「……その通りだ」

そう言い、持っている金槌を見下ろす。

あっさり肯定されてしまい、世界が真っ白に染まっていくような気持ちだった。

やっぱりそうだったんだ。アラタ先輩が殺したんだ。

「な……んで……？」

あたしはさらに後ずさりを続け、森本先生の机が背中にぶつかった。

「仕方がなかったんだ」

そう答えたのは辻本先生だった。

あたしは先生の言葉にまた涙が溢《あふ》れ出す。そんな、嘘でしょう……？

辻本先生は何も関与していない。そう言ってほしかった。

高校に入学してからずっと憧れていた辻本先生。この想いが届かなくても、生徒として先生の授業を受けていられることがとても幸せだった。

そんなきれいな記憶が、あっという間に灰色に染まる。

「この生徒は感染していた女子生徒に追われていた」

辻本先生が静かにそう言った。

あたしは食堂で見た女子生徒の死体を思い出し、胸の奥が苦しくなった。

男子生徒の死体へ視線を向けると、その手は真っ赤に染まっていることがわかった。生徒玄関のシャッターが血の手形で汚れていたことを思い出す。

「だけどこの男は……」

そこまで言い、辻本先生は言葉を切った。ジッと男子生徒の死体を睨みつけている。

「え……まさか……」

思わずそう口走っていた。アラタ先輩が驚いたようにあたしを見る。

「お前、何か知っているのか？」

そう聞かれてとっさに左右に首を振る。でも、ここで嘘はつけなかった。

「ごめんなさい……みんなが体育館の非常食を奪い合っている時に、あたしと空音は食堂にいたの。食堂ならきっとたくさん食べ物がある。奪い合う必要なんてないって思って……」

そして、そこで女子生徒の死体を見つけたことまで正直に説明した。

「そうだったのか」

辻本先生は驚いたように目を見開いてそう言った。

「確かに、食堂ならたくさん食い物があるな。どうして気がつかなかったんだろう」

アラタ先輩はそう言い、少しだけ笑った。

「教えてください、食堂の女子生徒の死体とこの男子生徒の死体、どういうことなんですか?」

あたしは、まっすぐに二人を見てそう聞いた。

「あぁ。感染した女子生徒に追われていたのは確かにこの男子生徒だった。だけど、この男子生徒は生徒玄関で金槌と釘を見つけたんだ」

アラタ先輩はそう言い、自分が持っている金槌を見せた。

「どうして生徒玄関にそんなものが……?」

「学校が閉鎖される前に、先生が生徒玄関にも時計を取りつけるつもりでいたらしい。その時に準備していた道具だ。これを見つけた男子生徒は形成逆転とばかりに女子生徒に襲いかかった。ただ殺すだけならまだしも、釘で両手を壁に固定し、乱暴しようとしてたんだ」

アラタ先輩は声を荒らげてそう言った。

「そんなの、人間がすることじゃねぇだろ？」

アラタ先輩の言葉にあたしは何も言い返せなかった。

もう死んでいる男子生徒へ向けた怒りが込み上げてくる。

「そこに偶然、俺と妹尾と山本の三人が鉢合わせたんだ。男子生徒を止める際に金槌を奪い取って、もみくちゃになっている間に、死んでしまった」

辻本先生が息を吐き出してそう言った。

「そうだったんですか……」

あたしは脱力してしまい、何も考えられない状態だった。

そんなことがあったなんて思いもしなかった。

「女子生徒が襲われることは回避できたけれど、すでに人を殺す段階まで到達していた。だから、俺が包丁で殺したんだ」

辻本先生がそう言った。

『殺した』

その単語に背筋がゾクリと寒くなる。

だけど、それなら正当防衛だ。辻本先生たちはあたしたち、感染していない生徒を守るために頑張ってくれたんだ。

そう考えることで、どうにか納得することができた。

「どうしてそれを教えてくれなかったんですか？」

そう聞くと、アラタ先輩が「言えるわけねぇだろ」と、言ってきた。

「そんなことを言えば無駄にまわりを混乱させるだけじゃねぇか。感染している人間も生きている人間も信用できない。そんなことになったら、この学校からは秩序がなくなる」

アラタ先輩の言葉に、あたしは感心してしまった。

そんなことまでちゃんと考えていたなんて、思いもしなかったから。

だったらもう少し早い段階から気をつけてくれていればよかったのに、とも感じるけれどそこは目をつむった。

「それなのにお前一人で体育館から出ていくから、焦っただろうが」

怒ったようにそう言われて、あたしは思わず身を小さくした。

「ご、ごめんなさい……」

「まぁ、何事もなく薬を手に入れられたんだからいいけどな。早く戻るぞ」

アラタ先輩はそう言い、薬の入った重たい袋を軽々と持ち上げて保健室を出たのだった。

発狂

体育館へ戻ってくると、田村先輩の顔色は青を通り越して紫色になっていた。

「田村先輩！」

あたしはすぐに田村先輩の横へと駆けつけた。

「まだ呼吸はあるけれど、危ない状況です」

森本先生が辻本先生へ向けてそう言った。

「薬を」

辻本先生にそう言われてアラタ先輩が紙袋を森本先生に差し出すと、森本先生はその中身を確認して険しい表情を浮かべた。

命を助けるための薬品なんて、きっとないのだろう。

だけど、今は祈るしかなかった。

どうにかここにあるもので命を繋ぎとめることができますようにと……。

それから、森本先生は錠剤を田村先輩に服用させた。

田村先輩の顔色は相変わらず悪いままだったけれど、少し呼吸が落ちついたように感じられた。

赤川先輩はそんな田村先輩に寄り添うようにして座っている。

その光景は見ているだけでも胸が苦しくなるものだった。もし、今この状況で辻本先生の命が消えそうだったら、あたしはいったいどうするだろう？　赤川先輩のようにずっと隣にいることができるだろうか？

　好きな人が死んでいく様子を見ている勇気が、あたしにはあるだろうか？

「愛莉、さっきから辛そうだけど大丈夫？」

　空音にそう言われて、あたしは「うん」と、小さく頷いた。

「田村先輩のことが気になる？」

「うん……」

　頷くが、今は自分の命だって危ないのだ。いつ感染している生徒たちがここに来るかもわからない。

「愛莉らしいね」

　空音がそう言い、フフッと声に出して笑った。

「え？」

「いつでもそうだったじゃん。人のことばかり心配して、自分のことはあと回し」

「そうだっけ？」

あたしは空音の言葉に首を傾げた。

「そうだよ。食堂でパンを見つけた時だって先にあたしにくれたじゃん」

「あぁ……空音は親友だから」

あたしはそう返事をしたけれど、褒められたことがうれしくてほほ笑んだ。

「自分だってお腹ペコペコだったのに？」

空音はさらに茶化すようにそう言ってきた。

「もう、やめてよ」

あたしは頬を赤らめて空音の話を止めた。

その時だった。

突然低い唸り声のようなものが聞こえてきて、あたしたちは会話を止めた。

一瞬体育館の外から聞こえてきているのかと思ったが、よく聞いてみるとそれは体育館の中から聞こえてきていた。

みんなの視線が一人の男子生徒へと向けられる。それは、福田先生を殺したあの生徒だった。

男子生徒は膝を抱えてうずくまったまま、低いうなり声を上げている。

その様子に、あたしはすぐにバットを握りしめていた。

「どうしたんだろう」

空音が戸惑いながらも、スタンガンを取り出した。

「まさか、再発なんてことないよな⁉」

どこからともなくそんな声が聞こえてきて、体育館の中がざわついた。

あのウイルスが再発なんてことになったら大変だ！

「それはないはずだ」

生徒たちの混乱を止めるように、辻本先生が大きな声でそう言った。

「このウイルスは再発しない。本にはそう書いてあった」

「昔はそうだったかもしれないけど、今はわかんないじゃん！」

辻本先生の言葉をかき消すように、女子生徒が言った。

確かにその通りだ。

昔流行ったウイルスでも、形を変えて狂暴化している可能性だってある。

男子生徒は今もまだ唸り声を上げ続けていて、時々体を震わせている。

他の生徒たちは自然と男子生徒から距離を取る形になった。

見かねた森本先生が男子生徒に近づいていく。

が、必死で恐怖を押し殺しているのが見ていてわかった。

「森本先生、俺が行きます」

辻本先生がすぐに駆けつける。その様子に、一瞬胸が痛むのを感じた。

辻本先生はあたしも含めてみんなを守ってくれている。

だけど森本先生への対応を見ていると、あたしとは違うものを感じてしまう。

「おい、大丈夫か？」

辻本先生がそう声をかけて男子生徒の肩に触れた。

その時だった。

いままでうずくまっていた男子生徒が急に顔を上げ、「ああああああ!!!」と、大きな雄たけびを上げて自分の頭をかきむしりはじめたのだ。

「お、落ちつけ！　大丈夫だから！」

辻本先生が慌てて止めに入るが、男子生徒は辻本先生を突き飛ばしてさらに自分の頭をかきむしった。

短い髪の毛が体育館の床に落ちていく。

「大丈夫よ、心配ないわ！」

森本先生もそう声をかけるけれど、男子生徒には聞こえていないようだ。

必死に自分の頭をかきむしり、声を張り上げる。

体を揺るがすほどの大きな声に、あたしは空音に抱きつくようにしてその耳を塞いだ。空音も両手であたしの耳を塞ぐ。

それでも、男子生徒の声は聞こえ続けていた。

意味のない叫び声は次第に言葉へ変わっていく。

「あああ！　がぁ！　俺が殺したんだああああ!!」

かきむしる手に血がつくのが見えた。男子生徒の額から血が流れていく。

「やめろ！　それ以上はやるな!!」

辻本先生が男子生徒を押さえつける。

「俺が殺した！　俺が殺した!!」

目を血走らせ、唾を吐きながらそう連呼する。

その様子を見て泣き出す生徒がいた。

「俺が福田先生を殺したんだあああ!!　何度も刺して！　踏みつけた！　顔がグチャグチャになるまで!!」

「やめて……」

空音がギュッと目を塞いでそう呟いた。

あたしは空音の耳を塞いでいる自分の手に力を込める。

「わかってるわ。でも大丈夫だから。ウイルスがそうさせたんだから！」

森本先生がそう言うが、生徒は叫び声を止めなかった。

「俺は嫌だったんだ!!　あんなことしたくなかったんだ!!」

「何、どういうこと？」

森本先生が眉を寄せた。

「まるで体を乗っ取られてる感覚だった。体調が悪くて学校も来るつもりじゃなかったのに、体が勝手に動いてここまで来たんだ!!」

その言葉にあたしは目を見開いた。

ウイルスに感染すると体の自由もきかない。だから体調不良を訴えながらも、みんな学校へ来ていたんだ!

「もしかして、ウイルスは人がたくさん集まる場所に誘導してるんじゃ……?」

森本先生がそう言うのが聞こえてきて、背筋が寒くなった。

人がたくさんいる場所に誘導する。

今この学校内でいえば、体育館の人口密度はどのくらいになっているんだろうか?

このグループよりも大きなグループがどこかに隠れていれば、感染者はそっちへ引き寄せられるだろう。

だけどそのグループが壊滅すれば、いつか感染者はここへ来ると言うことだ。

それがいつになるかわからないけれど、遅かれ早かれ必ずここに来ると言うことだ。

男子生徒は辻本先生の体を押しのけると、体育館のドアへ向かって走り出した。

「おい、外は危険だ!」

辻本先生の言葉を聞かず、生徒は体育館のドアを開ける。

その姿が見えなくなった次の瞬間、ガラスの割れる音が聞こえてきた。

それは前回と同じような音で、あたしはハッとして立ち上がった。

「愛莉？」

空音が恐る恐る目を開ける。

「空音はここで待ってて」

あたしはそう言うと、ものすごい勢いで出ていった辻本先生のあとを追いかけて体育館の外へ出た。

男子トイレのドアが開いている。

その中を覗き込んだ瞬間、仰向けで目を見開いている男子生徒と視線がぶつかった。

その喉は大きく切られていて、手には鏡の破片が握りしめられている。

見ると、男子トイレの鏡は二つ割れている状態だった。

一つは、きっと前回割れたものだろう。

そしてもう一つは、今、割れたばかりの鏡……。

「なんで、こんなことを……」

辻本先生が悔しそうに呟いた。

男子生徒がすでに絶命していることは、見ただけでわかったのだった。

自殺

夜が来ていた。

あたしと空音は一度体育館を出て、生徒玄関でパンを食べた。

体育館に戻るとみんなは意気消沈していて、ぼんやりとその場に座っているだけの子が多くなった。

ウイルスに行動を乗っ取られるなんて、誰も考えていないことだった。

自分の意識がある状態で、自分の意思とは関係なく自殺や殺人を強要される。

それがどれほど恐ろしいことか想像もできなかった。

カーテンの布団の中に身を丸めて寝転んでいても、ちっとも眠気はやってこない。

それはみんなも同じようで、あちこちですすり泣く声が聞こえてきていた。

「空音……」

あたしは隣で眠っている空音にそっと声をかけた。

「何？」

すぐに返事が来る。やっぱり空音も眠れていなかったようだ。

あたしは布団の中で空音の手を握った。

「眠れないよね」

「そうだね……」

「少し、話をしない？」

「話？」

暗闇の中ジッと見ていると、空音の顔がしっかりと見えはじめた。

「うん。人は楽しいことを思い浮かべると自然と眠ることができるんだって」

あたしはどこかで聞いた噂話を思い出してそう言った。

嘘か本当かわからないものだったけれど、楽しい話は気休めにもなる。

「そうなんだ？」

空音はほほ笑んでいた。

こんな絶望的な世界でも、目を閉じれば自分の家がある。

家の中にはお父さんとお母さんがいて、夕ご飯はオムライス。

温かなご飯にトロリとした玉子が乗っていて、ケチャップでハートを描く。

「それ、いいね」

想像をそのまま口に出していると、空音がそう言った。

「うちの夕飯は、たらこパスタ。茹《ゆ》で上がったばかりの麺にたらこが絡まってるの」

空音の言葉でパスタを想像してしまったあたしは、お腹を押さえた。

夕飯の想像は食欲が増すからしないほうがよかったかもしれない。

だけど、気分は随分と落ちついてきていた。空音の手のぬくもりがとても心地いい。

「愛莉、あたしなんだか眠れそう」

空音がそう言い、大きなアクビを一つした。つられてあたしもアクビをする。

そして二人で目を閉じた。

明日には何かが変わっていますように。そう、願って……。


五月十四日。

学校に監禁状態になって三日目。いろいろなことが起こったのにまだ三日しか経過していないというのが、驚きだった。

スマホの充電はまだ八十パーセントほど残っている。

時間を確認する以外に使っていないし、不必要な時には電源を落としているからだ。

必要な機能は何も使えない状態でも、充電があるということに安心感があった。

「愛莉、昨日はありがとう」

空音にそう言われてあたしは「え？」と、聞き返した。

「ほら、寝る時に楽しい話をしてくれたでしょ」

「あぁ、うん。でもあれは失敗だったよね」

「どうして？」

空音は首を傾げてそう言った。

「だって、食べ物の話はお腹すくんだもん」

あたしがそう言うと、空音は声を出して笑った。あたしはそれにつられて笑う。

あたしたちはまだこうして笑うことができる。まだ、大丈夫だと思うことができる。

「先生、赤川先輩と田村先輩は？」

祐矢先輩のそんな声が聞こえてきて、あたしと空音は視線を移動させた。

「え？　二人ともいないのか？」

辻本先生が周囲を見回す。確かに体育館内に二人の姿はないようだ。

トイレかな？

そう思ったが、昨日の田村先輩の様子を思い出すと少しも動けなそうだった。

でも、もしかしたら薬が効いたのかもしれない。

しかし、二人がいないと聞いた瞬間、森本先生がサッと青ざめたのだ。

「もしかして、そんな……」

そんな独り言を呟いている。

「何か心当たりがあるんですか？」

田井先生が森本先生の異変に気がついてそう言った。

森本先生はその質問に一瞬体を硬直させた。何か知っているような様子だ。

「森本先生？」

辻本先生が森本先生へと視線を移す。森本先生は青ざめた表情のまま俯いた。

「実は……田村君のことが気になって昨日の夜、時々様子を見ていたんですが……」

森本先生の弱々しい声が聞こえてきて、あたしは嫌な予感が胸によぎった。

「田村君……明け方から息をしていなくて……」

「なんだって⁉」

辻本先生が大きな声を上げた。

「その時に、赤川さんと二人で応急処置をしたんです。でも、まったくダメで……。これ以上混乱させちゃいけないと思って、朝になってからみんなに事情を説明するつもりでした」

森本先生が申し訳なさそうにそう言った。

あたしは信じられなくて、空音と目を見交わした。

田村先輩が明け方にはもう亡くなっていたなんて、思いもしなかった。

「田村君の遺体は？」

田井先生がそう聞いた。

「体育館の隅に移動させてあげたんですが……」

そう言い、森本先生は体育館の出入り口付近へと視線をやる。

しかし、そこには誰もいなかった。

「まさか赤川さんが田村君の遺体を移動させたのか？」

辻本先生は首を傾げながらそう言った。

女子生徒が男子生徒の死体を運ぶ。不可能ではないかもしれないが、重労働だ。

「赤川さんを探すしかないですね。彼女一人ならそう遠くは行けないはずです」

田井先生はそう言い、あたしへと近づいてきた。

「そのバットを貸してくれないかしら？　今度は私が体育館の外へ出るから」

そう言われて、あたしは田井先生にバットを差し出した。

「それならあたしも一緒に行きます！」

森本先生が名乗り出る。

「あなたはここにいて、生徒たちの心のケアに努めてください」

田井先生がそう言うと、森本先生は青ざめた表情のまま目に涙を浮かべた。

「でも……」

「俺がついていくから、大丈夫」

辻本先生がそう言い、田井先生の隣に立った。

「行きましょう」

田井先生は力強く頷き、辻本先生と二人で体育館を出たのだった。

あたしはその後ろ姿を見送って大きく息を吐き出した。

まだ三日しかたっていないのに、次から次へと生徒たちがいなくなる。

最初は生徒が十五人以上いた体育館の中も、今では十人くらいになっている。

あたしと空音は寄り添うように座り、先生たちが戻ってくるのを待ったのだった。


田井先生と辻本先生が帰ってきたのは、それから二十分ほどたった時だった。

二人とも暗い表情をしていて、それだけで何があったのか理解できる気がした。

森本先生がすぐに駆け寄るが、何も言えずにいる。

「二人の遺体が見つかりました」

仕方なく、という雰囲気で田井先生がそう言った。

その瞬間、森本先生の息をのむ音がここまで聞こえてきた。

さっきまで泣いていたのに、また涙が浮かんできている。

「体育館から少し離れた校舎内の階段で、田村君の体を抱きしめるような状態で赤川さんは死んでいました」

その説明に、森本先生が嗚咽《おえつ》を漏らした。

「あたしが……悪いんです。田村君が亡くなっていると知っていたのに、そのままにしたから！」

　森本先生が涙声でそう言った。

「それは違います。あなたの判断は正しかった。眠っている生徒を起こしてまで田村君の死を知らせる必要はなかったんです」

「だけど、田村君が死んだことで赤川さんまで……！」

　森本先生がそう言うと、田井先生は辛そうな表情を浮かべた。

「それに関してはとても残念だったと思います。でも、それは誰にも止めることができないことだったんですよ？」

　田井先生は森本先生をなだめるようにそう言った。

「赤川先輩は自殺したの……？」

　どこからともなくそんな質問が飛んだ。

　けれど、田井先生も辻本先生も答えなかった。答えないのが、肯定の代わりなのだと誰もが理解した。

　自殺だと断定できたということは、それなりの証拠が近くにあったんだろう。

　あたしはそう思いながらも疑問を感じた。

　赤川先輩は階段で自殺した。そんな中途半端なところで自殺をするということは、田村先輩の体を運ぶのがそこで限界だったんだろう。

これ以上運ぶことはできない。そう判断した赤川先輩は階段で死ぬことを決めた。

だけど、階段の途中で自殺する方法なんて何があるだろう？

手首を切ったり毒を飲んだりというやり方が浮かんでくるが、その道具を赤川先輩が持っていたかどうかがわからない。

昨日、自殺した男子生徒を思い出す。

彼のように割れたガラスを使ったのかもしれない。

考えながらも、あたしの目はせわしなく体育館の中を見回していた。

心臓が高鳴り、緊張から呼吸が苦しくなっていくのがわかった。

「愛莉、どうしたの？」

空音があたしの異変に気がついてそう聞いてきた。

「ねぇ、あたしが持ってきた薬ってどこにあるんだろう……？」

そう聞く自分の声がすでに震えている。

「え……？」

空音は首を傾げて周囲を見回している。

昨日、確かにここまで持ってきた紙袋が、どこにもないのだ。

「倉庫の中なんじゃない？　使えるものはあそこに保管したとか？」

空音はそう言うけど、自分の意見に自信はないようで声がとても小さかった。

あたしは立ち上がり、倉庫のドアを開けた。中は食べ物を奪い合ったあとで散らかっている。

空音が心配して駆けつけてくれた。一緒に段ボールをどけて体育に使う道具をかき分けて薬品を探す。が、どこにもないのだ。

「まさか、嘘だよね……？」

あたしはそう呟いた。

「愛莉、考えすぎはよくないよ」

空音がすぐにそう言ってくる。

「でも、薬品はどこにもないよ。あれだけたくさん持ってきたのに、袋ごとなくなってる！」

最後のほうは思わず声が大きくなっていた。

あの薬品を使って赤川先輩は自殺をした。その可能性に頭の中がグワングワンと回りはじめるのを感じる。

「お前、大丈夫か？」

あたしの声を聞きつけたアラタ先輩が倉庫の外から声をかけてきた。

あたしは何も答えられなかった。自分のせいで赤川先輩は自殺したのかもしれない。

そんな思いが頭の中を支配している。

「どうした？　何があった？」

辻本先生がアラタ先輩の後ろから顔を覗かせてそう聞いてきた。

その質問に、あたしはビクッと体を震わせた。

辻本先生なら、きっと知っているはずだ。

赤川先輩がどんなふうに自殺をしたのか……。

「なんでもないです。食べ物が残っていないか探していただけです」

空音がすぐにそう言い、あたしの体を支えるようにして倉庫から出た。

「あぁそうか、今日はまだ何も食べてないな」

辻本先生は思い出したようにそう言った。

何かを食べることすら忘れてしまうほど、この空間は異質なものになっている。

「って言っても、食い物は他の奴《やっ》らが……ま、いいけどな」

アラタ先輩はそう言い、肩をすくめた。

食べ物は食堂にある。それを昨日伝えているからこその余裕だろう。

だけど、今のあたしには何かを食べるような余裕もなかった。

赤川先輩が自殺に使ったものがなんだったのか、気になって仕方がない。

だけど、それを知ることは恐ろしかったのだった……。

一年B組

朝食をとることもできず、あたしはしばらく呆然と体育館の中で座っていた。

何も考えることができず、頭の中には赤川先輩の顔ばかりが浮かんでくる。

見かねた空音が声をかけてくれるけれど、それにもなかなか返事をすることができなかった。

「愛莉、大丈夫？」

「ごめん空音、あたし少し一人になりたい」

小さな声でそう言うと、空音は辛そうに眉を寄せた。だけど、「……わかった」と言うと、空音はそっとあたしのそばから離れてくれたのだった。

友人を傷つける発言だったかもしれないけれど、今のあたしには空音と会話をすることもできない。

考えれば考えるほどに嫌な予感は募っていく。想像できなかったことだとしても、赤川先輩の自殺に加担してしまったかもしれない。そんな自分が怖くて、悲しくて、絶望的な気分になる。

あたしはヨロヨロと立ち上がり、体育館の出入り口へと向かった。

バットも持たず、周囲の目を盗んでドアを開けて外へ出る。

新鮮な空気を吸いたいと思ったのだけれど、出た先にはまだ血の臭いがこびりついていた。

あたしは重たい体を引きずるようにして廊下を歩く。階段に差しかかると、田村先輩を抱きしめながら自殺した赤川先輩の顔が思い浮かんだ。

それと同時に薬品臭さが鼻を刺激した。

きれいに掃除してあるけれど、臭いまでは取りきれなかったようだ。

涙が込み上げてくるのを必死で押し込めて、階段を駆け下りる。そのまま渡り廊下を走り本館へと向かった。

ここは見慣れた学校のはずなのに、まったく違う雰囲気だ。

いろんな生徒が感染して、いろんな生徒が死んでいった。その現実が今までの学校生活の色をも、真っ黒に塗り潰していく。

あたしは三階へと向かい、一年B組の教室が見えると自然と歩調は速くなった。

その教室の中に誰かいるかなんてわからないのに、自分の教室に入れば生活が元に戻るんじゃないかと、そんな期待を抱いていた。

教室の前まで来て、ドアに手をかける。

「おはよう!!」

そんな声をかけて一気にドアを開いた……。

ガランとした教室がその中に存在していた。

あたしは浮かべていた笑顔をゆっくりと消していく。みんながいるわけがない。学校は閉鎖され、誰も助けに来ていないのだから。

あたしは誰もいない教室に足を踏み入れた。

何度も通った教室のはずなのに、なんだかすごく久しぶりのような気がした。自分の席に座り、教卓を見つめた。今にも辻本先生が入ってきて朝のホームルームがはじまりそうな雰囲気がある。教室内はいつもとても賑《にぎ》やかで、三つか四つのグループに分かれて会話をしている。

そんな光景がすぐに蘇ってきた。

「早く現実に戻りたいよ……」

悪い夢なら覚めてほしい。そんな思いで呟いた時だった。閉めた教室のドアが音を立てて開かれたのだ。

ハッとして顔を上げる。

「辻本先生!?」

とっさにそう聞いていた。

しかし教室に入ってきた男子生徒の姿を見ると、一瞬にして期待は消えていった。

おずおずと教室に入ってきたのは、何度か会話をしたことのある同じクラスの男子生徒だった。名前は確か……岡崎《おかざき》君だ。

その名前を思い出してホッと胸を撫で下ろすあたし。何より、クラスメートがまだ無事でいたことがうれしかった。

「ごめん、辻本先生じゃなくて」

岡崎君は暗い声でそう言った。

「ご、ごめん、思わず辻本先生の名前を呼んじゃっただけだから」

あたしは慌ててそう言って席を立った。

「中山さんは生きてたんだね」

岡崎君が安心したように表情を緩めてそう言った。

「うん。どうにかね……。岡崎君は今までどこにいたの？」

「俺はずっと二階の男子トイレに隠れてたんだ。時々外に出て食べ物を探しながらね」

「そうだったんだ……」

岡崎君が一歩近づく。

その雰囲気がどこか暗くて、あたしは一歩後退した。

「お、岡崎君。あたしたち体育館に避難してるの。先生もいるし、一緒にいたほうがいいんじゃないかな？」

少しの恐怖心を感じながらそう言った。岡崎君はあたしの言葉に顔をしかめた。

「先生って、辻本先生もいる？」

「いるよ。辻本先生はあたしたちのために頑張ってくれてる」

「中山さんは、辻本先生のことが好きなんだろう？」

そう聞かれて、一瞬にして顔が熱くなる。きっと、今のあたしは真っ赤になっているだろう。

「やっぱり、そうなんだね」

あたしの反応を見た岡崎君はそう言った。

「な……んで？」

「見ていればわかるよ」

「そ、そう？　そんなに、わかりやすかった？」

ジリジリと距離を詰められるので、あたしはついに教室の後ろまで下がってきてしまった。

教室へ入ってきた時から岡崎君の様子はどこかおかしい。感染している様子はないけれど、警戒心は強まるばかりだ。

「いや、普通はわからなかったと思う。俺は、ずっと中山さんを見てたから気がついたんだ」

その言葉の意味を理解するのに少しだけ時間がかかった。

あたしは目を丸くして岡崎君を見た。

「あたしのことが……好きなの？」

普段なら恥ずかしくて絶対に聞けないようなことを聞いていた。

「そうだよ」

岡崎君は躊躇することなく、そう言った。

それはごく普通の愛の告白だった。イエスかノーかを聞くだけの、他愛のないものだった。

だけど、次の瞬間あたしは弾かれたように教室のドアへと向かって走っていた。

ただの告白でここまで恐怖を抱いたことは生まれて初めてだった。

教室のドアに手をかけた瞬間、あたしの腕を岡崎君が掴んだ。

「離して!!」

叫んで懸命に振りほどこうとするが、ビクともしない。

「なんでだよ、なんで辻本なんかがいいんだよ！」

さっきまでの大人しい口調は消え去り、低く唸るようにそう聞いてくる。

「なんでって……」

そんなことを聞かれても、答えられるわけがなかった。

気がつけば辻本先生を好きになっていた。

好きになるのに理由なんていらないということを、岡崎君だって知っているはずだ。

「だって、あいつは担任で俺たちとは年も離れてるじゃないか！」

「そ、そんなこと言われても……」

痛いほどに腕を掴まれて顔をしかめる。

逃げなきゃいけないと思うのに、いくら頑張っても手を振りほどくことができない。

「俺と付き合ってよ……」

不意に、岡崎君が顔を近づけてきた。息が顔にかかるくらい接近されて、顔をそらした。体中から嫌な汗が噴き出してくるのを感じる。

「やめて‼」

大きな声で叫び声を上げていた。

普段ならこれだけ叫べば誰かに聞こえていたはずだ。だけど、今は校内のどこに生徒がいるかもわからない。体育館まではこの声は届かない。

窓はシャッターで締め切られて、外からこの教室の中も見えないような状況だ。

岡崎君はあたしが叫ぶのを楽しげに笑って見ている。

誰も来ない……。その現実が寒気となって背筋を撫でた。

「どうせみんなここで死ぬんだ。それなら俺と一緒にいようよ」

岡崎君の手があたしの肩を抱く。その感覚に身の毛がよだった。

普段の岡崎君に触れられるだけなら、きっと嫌な気持ちはしなかっただろう。

だけど、今は違った。一度嫌悪を抱くと、それを取り除くのは難しい。どれだけ優しく声をかけられても、あたしの感情は覆らない。

体の奥底から嫌悪感が湧いてきて吐き気を感じる。今すぐ逃げ出したいという気持ちと、岡崎君を攻撃してやりたいという気持ちが入り交じっている。

岡崎君の手があたしの背中を撫でる。

「やめて……!!」

声が掠《かす》れて涙が出た。

体育館でみんなと一緒にいることで、油断していたのかもしれない。一人だって大丈夫だと、思い込んでしまったのかもしれない。実際のあたしは男一人に勝つこともできないくらいに弱い。

岡崎君が、あたしに抱きついたまま顔を近づけてきた。

唇がぶつかる！　そう思った次の瞬間だった。

「愛莉!!」

あたしを呼ぶ声が聞こえてきて、ドアから空音が入ってきたのだ。

岡崎君が一瞬手の力を緩めた。その瞬間、あたしは岡崎君の体をめいっぱい押しのけた。すぐに空音が持っていたバットを振り上げる。

岡崎君がとっさに身を守ろうとするが、遅かった。

空音が振り下ろしたバットは岡崎君の頭部にぶつかり、鈍い音を立てた。

あたしは悲鳴を上げ空音の後ろへと回った。

空音は何度も何度もバットを振り下ろす。

顔を集中的に狙っているようで、岡崎君はくぐもった声で唸り声を上げた。しかし、それももう声にならない。

それでも空音は手を止めなかった。まるで目の前にいる獲物をしとめようとしているハイエナのように、岡崎君を攻撃する。

しばらくすると岡崎君は唸るのをやめ、ピクリとも動かなくなっていた。

「空音、死んじゃうよ！」

岡崎君の様子を見てあたしは慌ててそう言った。

しかし、空音は「わかってる」そう言ったのだ。

声は震えていたけれど、その目はしっかりと岡崎君を睨みつけている。

「え……？」

あたしがそう呟いた次の瞬間、空音は最後の一撃を岡崎君へ加えたのだった……。

目的

あたしは呆然としてその場に立ち尽くしていた。

岡崎君の死体を前にして空音が大きく肩で呼吸をしている。

「この死体、保健室に運んでおこう」

空音がそう言い、岡崎君の死体の隣に膝をついた。

「どうして……こんな……」

あたしは小さく呟く。

「どうしてって、愛莉は襲われそうになったんだよ？」

「そうだけど……でも、殺す必要なんて……」

あたしが最後まで言う前に、空音が叫んでいた。

「そんな甘いこと言ってたら、またいつ襲われるかわからないんだよ⁉」

空音の言葉が胸に響いた。

「学校内にはもう秩序も法律も存在していない。一度襲いかかってきた相手が更生することなんてないんだよ⁉」

空音は大きな声でそう言いながら、泣いていた。

「空音……」

あたしは脱力し、その場に膝をついてしまった。

空音の言う通りだった。この学校内はもう地獄と化している。こんな状況で相手を野放しにしていたら、次に何を仕かけてくるかわからない。

「ね、だから早くこの死体を移動させなきゃ。この教室に死体があるとみんなが混乱しちゃうよ。保健室の死体に交ぜておかなきゃ」

空音の言葉にあたしはゆっくりと岡崎君の死体へと近づいた。

辻本先生とアラタ先輩と祐矢先輩のとった行動の意味が、今ようやく深く理解できたのだった……。


それからあたしと空音は体育館へ戻ってきていた。

「ちょっと二人とも大丈夫だったの⁉」

森本先生が慌てて走ってくる。

「大丈夫です。愛莉は少し混乱しちゃってたみたい」

空音は何事もなかったようにそう言った。

岡崎君の血がベッタリとついていたバットは、きれいに洗ってある。

「愛莉ちゃん、大丈夫？」

そう聞かれて、あたしは無理やり笑顔を浮かべて「大丈夫です」と、頷いた。

「それならよかった。二人ともこっちに来て休憩して」

あたしと空音は森本先生に促されてマットの上に座った。

体が重たくて、そのままゴロンと横になる。

天井のライトが眩しくて、あたしは右腕で自分の目を隠した。

「みんな顔色が悪いですけど、どうしたんですか？」

空音のそんな声が聞こえてくる。

「みんな精神的に参っているのよ。毎日何人もの人が学校内で死んでいくでしょう？もう限界なのかもしれないわね」

森本先生が、ため息交じりにそう言うのが聞こえてきた。

「そうですか……こうして見てみると、誰が感染しているのかわからなくなりますね」

「やめてよ空音ちゃん。体育館内で感染者が出たら大変なことになるんだから」

「そうですよね、ごめんなさい」

空音が申し訳なさそうにそう言っている。

体育館内に感染者……。

その言葉が脳裏で繰り返される。

あたしはまだ大丈夫なんだろうか？

ふと、そんな疑問が胸に浮かんできて、あたしは目を開けた。眩しいライトに一瞬顔をしかめる。

自分は感染していないなんて、言い切ることができるの？　ウイルスは空気感染する。それなら、もう感染していてもおかしくないんじゃないの？

あたしは自分の手のひらを見つめた。いつもと同じように見える自分の体。

潜伏期間は一日から二日。それなら、いつ発症してもおかしくないかもしれない。

「愛莉、どうかしたの？」

空音に声をかけられて、ハッと我に返った。

「ううん……なんでもないよ」

そう言い、ぎこちない笑顔を浮かべたのだった。

四章

眠りの中で

あたしは深い眠りについていた。

学校に閉じ込められてから、こんなにすんなり眠りに落ちたのは初めてだった。

自分が持ってきた薬品のせいで赤川先輩が自殺したかもしれない。

空音はあたしを守るために岡崎君を殺してしまった。

それなのに空音は「これであたしと愛莉は同じ人殺しでしょ？」そう言って、笑ってくれた。

一日のいろいろな思いが過ぎ去っていき、あたしは夢を見ていた。

いつもの教室、いつものクラスメート、いつもの授業。時には退屈で、時には面白く、時には憂鬱。そんな学校生活が広がっている。

あたしは夢の中でも辻本先生のことを目で追いかけていた。

笑っている先生。怒っている先生。生徒と一緒に悩んでいる先生。

まだまだ短い時間しか授業を受けていないけれど、辻本先生のいろんな顔を見てきた気がする。

生徒と先生じゃ思いは通じない。

だけどいつか、この気持ちを伝えることができたらいいなと思っていた。

そしてそれは、あたしが卒業する日だということも、もうわかっていた。

『こら中山、なにボーッとしてるんだ』

辻本先生のそんな声が飛んできて、あたしの頬は赤く染まる。

注意されただけでも、こんなにもうれしい。

『ごめんなさい』

照れて赤くなりながらそう言った時だった、どこからか女子生徒の悲鳴のような声が聞こえてきた。

辻本先生が教室内を見回す。とくに異変はないようで、クラスメートたちは顔を見合わせて首を傾げた。

『授業を再開するぞ。次の問題、中山答えてみろ』

そう言われて、あたしは慌てて教科書へ視線を移した。

歴史の出来事と関係した人物について小さな文字でたくさん書かれているのを、頑張って読み上げていく。その様子を見ていた空音がクスッと小さく笑った。

『がんばれ』

口パクで励まされてあたしは笑顔を返し、また教科書へ視線を向けたのだった。

よくある学校の風景を見ていたあたしは、誰かに肩を叩かれて目を覚ました。蛍光灯の眩しさに顔をしかめる。

「愛莉、起きて」

見るとそこには空音がいた。

あれ？　あたし今、教室で授業を受けていたんじゃなかったっけ？　一瞬そんなことを考えて、そして我に返った。そうだ、ここは体育館だ。

上半身を起こし、周囲を見回す。あたし以外の生徒は全員目を覚ましていたようで、みんな体育館の出入り口へと視線を向けている。

その表情は不安そうだったり険しかったりしていて、よくないことが起こったのだとすぐに理解できた。

「どうしたの？」

あたしは空音にそう聞いた。

「外から悲鳴が聞こえてきたの」

その言葉にあたしは目を見開いた。

夢の中で聞いた悲鳴を思い出す。あの悲鳴は現実世界のものだったんだ。

「今、辻本先生が見に行ってるの」

「辻本先生一人で？」

そう聞くと、空音は少し悲しそうな表情を浮かべて「うん」と、頷いた。

「そんなの危ないじゃん！」

とっさに立ち上がろうとしたところ、空音に止められてしまった。

「辻本先生ね、もう生徒を危険な目に遭わせることはできないって言って、一人で行ったんだよ」

「でも……！」

「今、愛莉が外へ出て何かに巻き込まれたら、かわいそうなのは辻本先生だよ？」

そう言われると、返す言葉がなかった。

あたしはジッと体育館のドアを見つめる。

「愛莉のバットは辻本先生に渡しておいたから、きっと大丈夫だよ」

そう言われて枕元を確認すると、たしかにバットはなくなっていた。

それを見てホッと胸を撫で下ろす。

五月十五日。

学校に監禁されて四日目の朝は、生徒の悲鳴によってはじまった。

辻本先生が一人で出たということで、あたしと愛莉は朝食を取りに出ることもできない状態だった。

食べ物を奪い取っていた生徒たちも、手持ちの食料は少なくなってきている。他の生徒に取られないように、食べられる時に食べられるだけ食べているからだ。

あたしと空音は同時にため息を吐き出した。

食欲はないが、食べないと体力が落ちていざという時に逃げられない。それが一番の心配事だった。

「どうする？」

空音がそっと聞いてくる。

「辻本先生が帰ってくるまでは待っていたほうがいいよね」

あたしはそう返事をした。

今あたしはバットを持っていない。昨日みたいなことが起こると、身を守ることができない状態だ。

「おい、お前らも食べてねぇんだろ？」

アラタ先輩にそう声をかけられて、あたしと空音は目を見交わした。

「は、はい……」

「食料を取りに行こうと思うんだ」

そう言ったのは祐矢先輩だ。

「二人でですか？」

あたしは驚いてそう聞き返した。

「あぁ。体育館内の食料も随分少なくなってるみてぇだし、食堂にある食い物を持ってくるつもりなんだ」

それはうれしい提案だった。だけど今は辻本先生が戻るのを待つほうが安全だ。何より、あたしたちは武器を持っていないのだから。

そう言おうとした時だった、アラタ先輩が金槌を取り出して見せた。

「あっ……」

あたしは思わず声に出してそう言っていた。

そういえばアラタ先輩は武器を持っていたんだっけ。

「どうする？　行く？」

空音が聞いてくる。

勝手な行動をすれば、また辻本先生を困らせてしまうことになるだろう。だけど食料を移動してくることはいずれ必要になるし、辻本先生の様子も気になる。

「行こう」

あたしは空音にそう言ったのだった。

いくらアラタ先輩が強くて武器を持っていると言っても、やっぱり不安だった。

あたしは体育館倉庫からバスケットボールを一つ出し、それを武器に歩いていた。

「お前な、ボールなんてほとんど役に立たないだろ」

アラタ先輩が呆れたようにそう言う。

「いいんです。いざとなれば相手に投げつけることができるし、こうして体の前で抱えて持てば、ガードもできるんですから」

あたしは自分の胸の前でボールを抱きしめるように持ち、そう言った。

そんなあたしを見て祐矢先輩はおかしそうに笑った。

「祐矢先輩は何か武器を持っているんですか？」

パッと見て何も持っていないように見える。

「あぁ、僕はこれ」

祐矢先輩はそう言うと、制服のシャツを少しめくってみせた。

下には鉄製の板があり、あたしは目を丸くした。

「顔は守れないけど、いざとなったら、これで叩きのめそうかと。真哉先輩と友菜先輩を探しに出た時、美術室で入手した」

そう言い、コンコンと叩いてみせる。

「すごい。あの日いろいろと探して回ってたんですね」

空音が感心したようにそう言った。

「当たり前だろ、二人を探しに行ってたんだから」

「結局のところ見つけられず、感染者殺しに苦戦して帰ってきただけだけどな」

アラタ先輩は自虐的にそう言って、笑ってみせた。その様子を見ていると、二人の仲のよさが伝わってきて心の中が温かくなるようだった。ケンカばかりだと思っていたけれど、本当は親友なのかもしれない。そう思いながら、渡り廊下を歩いていく。

相変わらず外は静かで、学校外の音が聞こえてこない。

あたしは渡り廊下の途中で立ち止まり、シャッターに触れてみた。

指先から冷たくて固い感触が伝わってくる。

「愛莉？」

空音が立ち止まり、そう聞いてきた。

「……なんでもない」

そう返事をしてまた歩きはじめる。

「何か気がついたことでもあるなら、なんでも言ってほしい」

そう言ったのは祐矢先輩だった。

その口調はどこか事務的で、あたしを心配しているのとは少し違うと感じた。

「こいつは校内で起こったことを全部書き記してんだよ」

アラタ先輩が振り向いてそう言った。

「書き記す？」

あたしは首を傾げてそう聞いた。

「あぁ。日記みたいなものだな。ここから外へ出られた時に、中で何が起こっていたのかを説明しようと思ってね」

「すごいですね」

校内で起こったことをちゃんと外に知らせるなんて、考えたこともなかった。とにかく一日を生きて過ごすこと。それだけで精いっぱいだった。

「こいつは昔からガリ勉だからな。こんなことになっても、その後のことを考えて生きてんだよ」

アラタ先輩がそう言った。

嫌味を含めているような言葉だったけれど、祐矢先輩は軽く笑っただけだった。

「……実は、少し気になっていることがあるんです」

渡り廊下を渡り終えて、本館へと差しかかっていた。

周囲に人の気配は感じられない。

「なに？」

祐矢先輩が興味深そうな視線を向けてくる。

「外の音が聞こえてこないことです」

「外の音?」

祐矢先輩がシャッターを見る。

「そうです。外の音が何一つ聞こえないって、おかしくないですか?」

学校にシャッターが下りている。それは外から見てもわかる光景だ。たとえ逃げた先生たちや生徒たちが通報しなくても、親や近所の人たちが通報しているだろう。それなら、外から何か物音が聞こえてきてもよさそうなものだ。

その考えを口に出すと、祐矢先輩が「確かに、そうだよな」と、顎に指を添えて考え込んだ。

「これが防音シャッターだとすれば、小さな音が聞こえてこないのはわかる。でも、通報していればこのシャッターを破壊するような行動が起きていても不思議じゃない。それなのに、何も聞こえてこない」

言いながら、自分がどんどん青ざめていくのを感じた。

「それはつまり……外にいる人間全員がグルだってことを言いたいのか?」

祐矢先輩がポツリと呟くようにそう言った。

あたしはグッと言葉に詰まってしまった。あたしの想像ではその通りだったからだ。

誰も助けに来ないということは、みんな学校内でどんなことが起こっているか知っているのだ。そして感染を防ぐために隔離した状態を維持しようと決めた。

そうとしか、考えられなかった。

「それじゃ、まるで陸の孤島じゃないか」

アラタ先輩が青い顔をしてそう言った。

「ご、ごめんなさい。不安にさせるつもりはなかったんだけど」

慌ててそう言うと、祐矢先輩が「いや、それは貴重な意見だよ」と、言った。

「僕たちは助けてもらえない。全員が死ぬまで隔離状態は続く。そう考えて行動するなら、とにかく危険な目に遭わないようにひっそりと息を殺して過ごすほうがいい」

「死ぬってわかっているなら戦えばいいじゃねぇかよ」

アラタ先輩がフンッと鼻を鳴らしてそう言った。

「無駄に死ぬ必要はない。ここで起こっているデータを少しでも多く書き記したほうがいいに決まってる」

「はいはい。悠長にそんなことを言ってる奴こそ先に殺されるんだ」

アラタ先輩はそう言い、階段を下りていく。

少し険悪なムードになったけど、別にケンカをしているわけではなさそうだ。

「ついた」

アラタ先輩が食堂の前で立ち止まった。

中に誰もいないのを確認してそっと足を踏み入れる。広い食堂の中には、感染した女子生徒の遺体がそのままになって残されていた。あれから誰も入っていないのかもしれない。

あたしたちは死体を横切り、調理室へと足を踏み入れた。瞬間、食べ物があちこちに散らばっている光景が目に入った。

「誰かが食べてる」

アラタ先輩がそう言い、ため息を吐き出した。

「やっぱり、そうだよな」

祐矢先輩は比較的落ちついている様子でそう言った。

「なんだよお前、やけに冷静だな」

そう言うアラタ先輩の体を押しのけて、祐矢先輩は戸棚を開けた。中には調味料がたくさん並んでいる。次に冷蔵庫を開けると、食材はほとんど残されていなかった。

ここに来た誰かが食べられそうなものは持っていってしまったのだろう。そうとわかると、あたしは肩を落とした。

「生徒玄関の掃除道具入れに、パンを少し移動しています。でも、それもすぐになくなっちゃう……」

空音がそう言った時だった。

祐矢先輩は何も言わず空のペットボトルを手に取った。

「何すんだよ」

　アラタ先輩が聞く。

「水道水を確保しておく。あと塩もだ」

　そう言われて、あたしは調味料へと視線を向けた。

　塩や砂糖といった類いの物が、すべて残されていることがわかった。

「そっか。すぐに食べられなくても水分と塩分をとることができれば違う。それに砂糖も残されてる！」

　そう言い、重たい砂糖と塩を両手に持った。

　アラタ先輩が購買のレジから大きな袋を持ってきてくれた。

「あとはパンが残ってるんだろ？　しばらくはそれでしのぐしかないけど、校内には何か所か自販機もある。それに先生の宿直室や職員室、部室や教室を探せばちょっとした食べ物はあるはずだ」

　ペットボトルにいっぱい水を入れて、祐矢先輩はそう言ったのだった。

探す

それからあたしたちは、いったん水や塩などを生徒玄関のロッカーに隠し、また校内を歩き出していた。

一階にある三年生の教室から順番に、食べ物がないか探していく。気の遠くなるような作業だったけれど、何かやることがある状態だと気持ちを落ちつかせることができた。

先輩たちの机の中やカバンの中からは飴《あめ》やガムと言った食べ物が次々と出てきた。中には開いていないペットボトルのジュースまで。

買い物袋に次々とそれらを放り込みながら「これなら当分過ごせるな」と、祐矢先輩が笑った。

祐矢先輩の目的は少しでも長く生きて、学校内の様子を記していくことだ。

「そうですね。これなら全部の教室を探し終える頃には袋の中はパンパンですね」

あたしがそう言うと、祐矢先輩はうれしそうに笑った。

三年生の教室を全部調べ終えた時、アラタ先輩が生徒玄関へと向かった。

オヤツが入っている袋を掃除ロッカーに入れ、中に置いておいた水と調味料を取り出す。

「いったん体育館へ戻ろう。辻本先生も帰ってるかもしれねぇからな」

そう言われて、あたしはスマホの電源をつけて時刻を確認した。

もう昼が近い時間だ。

体育館の中には朝から何も食べていない子もいる。水だけでも、早く持っていってあげないと。

そう思い、あたしたちは階段を上がりはじめた。

二階の渡り廊下に差しかかった時だった。

三階の教室のどこからか、人の叫び声が聞こえてきてあたしたち四人は立ち止まった。甲高い悲鳴とは違う、低く、呻くような声だ。

「今の声、なに？」

空音が怯えたように周囲を見回してそう言った。

「一年の教室から聞こえてきたな」

アラタ先輩が三階へと続く階段を見てそう呟いた。

「おい、行く気じゃないだろうな？」

祐矢先輩が顔をしかめてそう言った。

「行ってみねぇと何が起こってるかわかんねぇだろ」

アラタ先輩はそう言うと、当然のように階段を上がりはじめた。

「ちょっと、先輩！」

あたしは慌ててアラタ先輩のあとを追いかけた。

「行きたい奴に行かせておけばいいんだ」

後ろから祐矢先輩のそんな声が聞こえてくる。

そうかもしれないけれど、生死がかかった状況で放っておくわけにもいかない。それに、今、聞こえてきたあの悲鳴は辻本先生の声によく似ていた。

「愛莉が行くなら、あたしも行く」

空音がそう言い、あたしのあとを追いかけてきた。

それを見た祐矢先輩が大げさにため息を吐き出し、あたしたちについて階段を上がりはじめたのだった。


廊下から一年の教室を見てもどこにも異変は感じられなかった。

悲鳴がどこから聞こえてきたのかわからないから、ひとクラスずつ確認していくしかない。

一年A組のドアを開ける。

中には誰もいない。誰かがいたような形跡もない。

学校が隔離状態になってから、誰も足を踏み入れていないのかもしれない。

念のため死角になっている教卓の下やカーテンの向こう側を確認してみるが、やはり誰もいなかった。

そのことに半分安堵しながらB組の教室の前に立った。

その瞬間、岡崎君に襲われそうになったことを思い出し、思わず足がすくんだ。

「愛莉、無理そうなら外で待っていていいよ」

空音があたしの耳元でそう言った。

「でも……」

「教室には岡崎君の血痕が残ってる。何か聞かれたら、あたしがちゃんと説明してあげるから」

そう言われて、あたしは「ありがとう」と、返事をした。

岡崎君は死んでしまったけれど、それでもあたしの中で起きた出来事はまだ消化することができていなかった。

思い出せば、すでに死んでいる岡崎君への恐怖心と怒りが込み上げてくる。

「入らないのか？」

祐矢先輩にそう聞かれて空音は慌てて「行きます」と、返事をした。

あたしは三人がB組に入っていく様子を少し離れた廊下から見ていた。

アラタ先輩が床についている血痕を見つけて、何かを言っている。

あたしはその声を聞きたくなくて、自然と両耳を塞いでいた。

空音が怒りを込めた表情で何かを説明しているのが見えて、あたしはきつく目を閉じた。

例え学校が再開されたとしても、あたしはもうこのB組で以前と同じような気持ちのまま授業を受けることはできないだろう。

そう思うと、悲しくて、知らない間に涙が滲んでいたのだった。

声の正体

それからすぐにB組も調べ終えて、三人が戻ってきた。

アラタ先輩と目が合うが、とっさにそらしてしまう。アラタ先輩は無言のままあたしの頭をポンッと撫でた。その手の大きさが辻本先生とそっくりで、あたしは驚いてまじまじとアラタ先輩を見つめてしまった。

「なんだよ、何かついてるか？」

「い、いえ、何も……」

普段は怖いイメージしかないけれど、一応はあたしを慰めてくれているみたいだ。

アラタ先輩の意外な一面を見て少し心臓がドキドキしている。

ドキドキした気持ちを抱えたまま、C組も探し終えた。

あとは二クラスだけだ。

あの悲鳴は本当にこの階から聞こえてきたんだろうか？

そう思いながらD組に差しかかった時だった。人の声がドアの向こうから聞こえてきて、あたしたちは立ち止まった。

それはすすり泣きのような小さな声だった。だけどその泣き声に交ざって、「大丈夫だよ」とか「もうウイルスは消えたんだ」という男性の声が聞こえてきたのだ。

間違いない、あれは辻本先生の声だ！

そう思い、ドアを一気に開いた。

その瞬間、教室の中が血に染まっているのを見た。

床や壁、天井にまで真っ赤な血がついている。

教室の奥には机を積み重ねて作られた秘密基地のような空間があるが、机の一部は崩れ落ち、中の様子が丸見えだった。

辻本先生と、知らない生徒が二人。そしてその奥には……顔が潰されて原形を留めていない死体が二人分、転がっていた。

「お前ら……」

辻本先生があたしたちを見て、一瞬顔をしかめた。

また勝手に体育館から出てきたことを怒っているようだ。

だけど、その表情もすぐに悲しいものへと変化した。

「先生、これはいったい……？」

あたしはそっと机の秘密基地に近づいた。

中をよく見ると体育館にあった段ボールが一つ置かれている。

と、いうことは……この死体になっている二人は友菜ちゃんと真哉先輩だ。

先輩たちは二人で食料を持って逃げて、ここで息をひそめていたのだ。

感染者が襲ってきても時間が稼げるように机でバリケードを作っていたけれど、いざ襲われると逃げる暇なんてなかったのだろう。

あたしは血まみれの死体から、泣いている女子生徒へと視線を向けた。

二人の手は真っ赤に染まり、返り血で制服も元の色を留めていなかった。

「あたしが殺したの!!」

「あたしだって、二人とも殺した!!」

たまらず叫び、自分の両手を見つめる。目は通常の色に戻っているが、混乱状態で今にも暴れ出してしまいそうだ。

その光景は見ていてとても痛々しかったが、後ろにいた祐矢先輩がホッとした息を吐き出すのが聞こえてきた。驚いて振り向くと、「これで感染者は二人減った」と、祐矢先輩は呟いたのだった。

人を殺せばウイルスは消える。だけど人を殺した時の記憶はしっかりと刻まれたままだ。殺したくなんてないのに、体が勝手に人を殺しに向かう。感染者にとってウイルスが抜けたあとも、死ぬほどの苦痛が待ち受けているだけだった。

辻本先生がどうにか二人を体育館まで連れてきたものの、やはり周囲からの視線は冷たかった。

二人は血まみれの状態だし、感染していた生徒は歓迎されない。

先生たちは必死でみんなに説明をするけれど、それで納得する生徒はいなかった。

それからあたしたちは、食事ができていない生徒たちに塩水を作って渡した。

自分たちのご飯も、今日はこれだけだ。

ロッカーにある食料は少しずつ少しずつ出していくつもりだった。

それに、D組には友菜ちゃんたちが食べきらなかった食料がまだ残っていたのだ。

これは思わぬ収穫だった。これならここにいる全員があと数週間は生き延びることができる。

取り合いにさえならなければ、命を繋ぐことへの希望は出てくるんだ。

そう思うと、とてもうれしかった。

襲撃

それからしばらく静かな時間が過ぎていた。

とりあえず水分を取ることができた生徒たちは安心したのか、みんな横になったり壁を背もたれにして座っている。あたしと空音もマットの上に座ってぼんやりと周囲の様子を見ていた。

「みんな、本当に校内に残ってるのかな？」

不意に空音がそう聞いてきた。

「え？」

「本当はもう、あたしたち以外に誰もいないんじゃないかな？」

空音の言葉にあたしは目を見開いた。

「何を言ってるの？　そんなわけないじゃん！」

「下駄箱には確かにたくさんの靴が残ってたけど、シャッターが下りてきてる間にわざわざ靴に履き替えたりしないよね？」

そう言われて、あたしは下駄箱を調べた時のことを思い出した。

たしかにあの時、靴はまだまだたくさん残っていた。それなのに、校内で生徒の姿はほとんど見かけていない。疑問に感じていた部分だった。

「だけど、シャッターが下りてきたあとも校内から生徒の声は聞こえてきてたよ？」

「今は、どう？」

そう聞かれてあたしは口を閉じた。

今は体育館の外へ出てもほとんど声は聞こえてこない。とても静かでここが学校だということも忘れてしまいそうになる。

「体育館に逃げてきてから、福田先生が襲われたよね」

「うん……」

空音に言われてあたしは福田先生が真っ赤な血に染まって倒れているところを思い出してしまった。

「あの時、感染した男子は体育館を狙ってきたんじゃないかなって思ったんだ」

空音が声を小さくしてそう言った。

「そんな……」

否定したいけれど、その考えを否定することはできなかった。

感染者は人数が多い場所へと移動してくる。それなら単体でいた福田先生を狙うのは不自然だった。体育館を目指している間に福田先生を見かけて襲いかかった。そういう考え方のほうが納得できる行動だった。

「あの感染者はトイレの中で体育館のドアが開くのを待ってたんじゃないかな」

空音の考えに、あたしは背筋が寒くなっていくのを感じた。

「体育館が狙われたってことは、他の大きなグループがもうないってことだよね？」

あたしが質問をすると、空音は言いにくそうに「そうだね」と、返事をした。

「それも、かなり早い段階で他のグループは襲撃されてるってことだよね？」

さらに質問を重ねた。

空音に聞いたって予測でしか返事ができないことはわかっている。だけど、聞かずにはいられなかった。

「……たぶん、そうなんだと思う」

空音があたしから視線をそらしてそう言った。

「感染者がここまで来ないのは、ただ運がよかったから。ここは別館だし、最上階だから本館にいた生徒たちが先に襲われていっただけ……」

あたしは呟くようにそう言った。

友菜ちゃんと真哉先輩は二人でいたのに襲われた。人数的には断然体育館のほうが多いのに……。

「本館にいた生徒たちが全員いなくなれば、必ずここにも感染者が来る」

それは最初からわかっていたことだった。それなのに、背中に嫌な汗が流れていくのがわかった。

「そろそろみんなバラバラにならなきゃ危険だと思う」

「そんな……」

あたしの視線は自然と辻本先生へと向いていた。

辻本先生と離れるなんて嫌だった。いつ死ぬかわからないからこそ、好きな人のそばにいたいと思った。

「あたしは愛莉と一緒にいたい」

空音の言葉にあたしは視線を移動させた。

空音はとても真剣な表情を浮かべている。あたしだって空音と離れるなんて嫌だった。ずっと一緒にいたい。でも……。そう考えた時だった。

突然出入り口からドンッ！　という大きな物音が聞こえてきて、あたしは振り向いた。他の生徒たちも驚いた表情を浮かべて出入り口を見ている。

「今の音、なんだ？」

祐矢先輩がそう呟き、立ち上がる。

「危ないから、そこにいろ」

バットを持った辻本先生が祐矢先輩へそう言い、出入り口へと歩いていく。その様子を見ていたアラタ先輩が、右手に金槌を持って辻本先生のあとを追いかけた。

体育館内に緊張が走り、あたしはマットから立ち上がって身構えた。

ドンッ！　ドンッ！

と、誰かが出入り口を叩いている音が規則正しく聞こえてくる。普通の生徒なら中へ向けて声をかけたりするはずだ。

あたしは空音の手を握りしめていた。空音も強い力であたしの手を握り返してくる。

辻本先生とアラタ先輩が出入り口の前まで来て外の様子をうかがっている。

「誰だ!?」

辻本先生がそう声をかけるが、外の相手からの返事はない。

「誰かいるのかよ!?」

アラタ先輩がさらに声をかけた。

すると、今まで聞こえてきていたノック音がピタリと止まったのだ。

二人が顔を見合わせて、辻本先生がドアの鍵に手を伸ばすのが見えた。

いったんドアを開けて外の様子を確認するつもりだと、すぐに理解できた。

あたしは大きく息を吸い込んだ。恐怖で体が小刻みに震えているのがわかる。

辻本先生の手が鍵を開けた。そしてゆっくりとドアが開いていく……。

少しだけ開いたドアの隙間から細い手が滑り込んでくるのが見えた。

アラタ先輩がとっさにドアを閉めようとする。

が、その力に抗《あらが》うように細い手が力を込めるのがわかった。

「おい、嘘だろ!?」

体育館内にアラタ先輩の焦った声が反響する。

相手はどう見ても女子生徒の手だ。それなのに、ドアは閉まらない。

アラタ先輩が両手でドアを閉めようとしても、ビクとも動かないのだ。

「嘘でしょ……」

空音が震える声で呟いた。

あたしはその光景に釘《くぎ》づけになって、目をそらすことができなくなっていた。

細い手はジリジリと体育館のドアを開けようとしている。見かねた祐矢先輩がアラタ先輩の助けに向かうが、二人がかりでもドアは閉まらない。

「くそ、感染者か」

辻本先生がそう呟いた瞬間だった。

ドアの向こうから女子生徒の顔が見えた。

白くてほっそりとした顔。しかし、その目は黒かったのだ。

「違う、感染者じゃない！」

森本先生が叫んだ。

「助けて……！」

女子生徒が掠れた声でそう言った時、その生徒の後方に赤い目をした男子生徒が見えた。それも一人じゃない。感染した複数の生徒たちの手が女子生徒に伸びているのだ。体育館にいる誰もがその光景に絶句してしまった。

ドアを開けようとしているのは女子生徒じゃなく、その後方にいる複数の感染者たちなのだ。

「どうするんだよこれ！」

アラタ先輩が叫ぶ。

女子生徒は感染していない。だけど生徒を助けようとすればたくさんの感染者を体育館に招き入れてしまうことになるのだ。

ついさっき空音と話をしていたことが、現実として目の前にある。

それなのに、体は少しも動かなかった。

助けに行くことも、逃げることもできずにその場に立ち尽くす。

「この手に掴まれ！」

辻本先生が細い隙間から手を伸ばし、女子生徒の手を掴んだ。途端にドアの隙間には無数の手が差し込まれ、無理やりこじ開けようとしはじめる。

「入ってこられる！」

田井先生がそう言い、走り出した。

それが引き金になり、体育館内にいた生徒たちがドアへと急いだ。

みんなの力を合わせてドアを閉める。

「やめろ！　外にまだ生徒がいるんだ！」

辻本先生が女子生徒の手を掴み、必死で引き寄せている。

「だけど、このままじゃここにいる全員が殺されてしまいますよ⁉」

田井先生が言う。

あたしはドアが開けられないように手伝いながら、耳を塞いでしまいたい気持ちになった。辻本先生の気持ちも、田井先生の気持ちもよくわかった。どちらかを犠牲にしなきゃいけないなんて、そんなことできることじゃなかった。

「お願いします辻本先生！　体育館にいるこの子たちを助けたいんです！」

森本先生が叫ぶ。その声に辻本先生の表情が歪んだ。今にも泣き出してしまいそうな切ない表情。

今掴んでいる手を離さないといけないという現実に、手の力が徐々に緩んでいく。

そして、体を引き寄せている先生の力が弱まったことで、女子生徒の体が感染者にのまれていく。

「だ……誰か……助け……」

女子生徒の言葉を最後まで聞く前に、あたしたちは体育館のドアを閉めたのだった。

拘束

数時間後。感染者が体育館を狙ってきたことで、あたりは騒然としていた。

すすり泣く生徒や気分が悪そうな生徒たち。

体育館のドアが頑丈でなければ今頃どうなっていたかわからない。

そんな中、あたしと空音は二人でシャッターを開けるための暗証番号を考えていた。

校長の年齢や学校の創立記念日。思い出せる限りの数字を入力していく。

図書館でこの学校の歴史を調べればもっといろいろ出てくると思うけれど、今日はもう体育館から出ることはできなそうだ。

とりあえず食料はあるし、感染後の二人の様子も気になる。

「開かないね」

何度目かチャレンジした時に空音がそう呟いた。

「うん。簡単に開くとは思ってなかったけど、やっぱりちゃんと調べないと限界があるね」

あたしはそう言い、ため息を吐き出した。

「二人とも、少し休憩したら？」

田井先生がそう言い、あたしたちに水を差し出してくれた。

「ありがとうございます」

そう言って受け取りながら、「田井先生は、何か思いつく番号とかありますか？」と、あたしは聞いた。

この中で一番長くこの学校や校長と関わってきた先生だ。田井先生なら何か違う数字を思いつくかもしれなかった。

「そうねぇ……このシャッターを取りつけたのが校長先生なら、校長先生しか知らない番号を使うんじゃないかしら？」

「校長しか知らない番号って……つまり、学校とは関係ない番号ってことですか？」

あたしはそう聞いた。

「そうね。学校と関係する数字なら、すぐにシャッターが開けられてしまうかもしれないでしょ？　だから、校長先生のプライベートな数字とかなんじゃないかしら？」

校長のプライベートな数字か……。

もしそうだとすれば、あたしと空音が頑張って数字を考えても無駄だということだ。

あたしと空音は肩を落としてため息を吐き出した。入学してひと月しか経過していないあたしたちに、校長の個人情報なんて入ってこない。

校長室を調べれば個人的なこともわかるかもしれないが、パスワードとして設定した数字が残されているとは考えにくかった。

「あとはもう、適当に入力して開くのを待つしかないね」

空音がそう言った。

「せめて壊すことができればいいのに」

あたしはそう呟いたのだった。


あたしと空音が休憩している時、不意に男子生徒の一人が出入り口へ向かって走り出した。

とっさのことでみんな止めることができず、男子生徒は入り口の近くで呆然と座り込んでいた女子生徒に殴りかかった。その女子生徒は感染していた生徒の一人だ。

「何してんだ!!」

女子生徒が横倒しになったのを見て、辻本先生が我に返ったようにそう叫んだ。

「だって、こいつ人殺しだろ!?」

男子生徒はそう言い、悲鳴を上げる女子生徒の顔面をさらに数発殴りつけた。

体育館内のあちこちから悲鳴が上がる。

女子生徒は鼻から血を流し、怯えた表情を浮かべている。

男子生徒はさっきの出来事のせいで感染者への恐怖が倍増し、許せない気持ちになっているのかもしれない。

憎い者を懲らしめようとするように、拳は強く握りしめられている。

「やめろ！　殺したくて殺したわけじゃないんだ！」

辻本先生が駆け寄り、男子生徒を女子生徒から引きはがす。

「だけど！　こいつらが体育館に来てからみんなビビッてんだろ‼」

その言葉に、体育館の中が一瞬静かになった。

感染していた女子生徒二人と距離を置き、好奇の目で見ていたことは確かだった。

だから、みんな思わず黙り込んでしまったのだ。

「怖いかもしれないけど、この子たちのウイルスはもう消えてるんだ‼」

辻本先生が必死に説得する。

「それなら別に体育館にいる必要ないだろ！　人数が増えたせいで狙われたのかもしれないんだ！　とっとと出ていけ人殺し！」

その言葉に、女子生徒の目から大粒の涙が流れはじめた。

鼻血をぬぐいヨロヨロと立ち上がって出入り口へと向かう女子生徒。

「おい、どこに行くんだ。体育館の外は危険だぞ！」

辻本先生が慌てて声をかけ、森本先生が駆け寄った。

「ね、あなたはここにいても大丈夫なのよ？　心配しないで？」

そんな声をかける森本先生の体を突き飛ばし、外へと駆け出た。

少しすると、出ていった女子生徒のものと思われる悲鳴が上がった。

感染者は、まだ体育館の近くにいる、ということだ。

「くそっ」

辻本先生が男子生徒を押さえつけた状態で舌打ちをするのが聞こえてきた。

男子生徒はまだ納得できていないのか、もう一人の女子生徒へと視線を向けた。

その子の表情が一瞬にして怯えたものになる。

「お前も出てけよ！」

男子生徒が叫ぶ。

「やめろって言ってんだろ！」

そう言う辻本先生の脇腹を、男子生徒が肘で殴りつけた。

一瞬力が緩んだ隙をついて、男子生徒は女子生徒へと掴みかかる。

「やめて！」

女子生徒は体勢を崩して、そのままうつ伏せに倒れてしまった。男子生徒はすかさず馬乗りになると、女子生徒の右腕を掴み思いっきり引っ張った。ゴキッという嫌な音が体育館に響き渡る。と、同時に女子生徒の激しい悲鳴がとどろいた。

一瞬、辻本先生ですら動くことができなかった。

男子生徒はさらに女子生徒の腕を捻《ねじ》り上げる。女子生徒からは悲鳴が消え、代わりに腕がダランと垂れ下がった。

「嘘でしょ……」

どこからかそんな声が聞こえてきて、ようやく時間が動きはじめた。

辻本先生が男子生徒に駆け寄り、その体を女子生徒から引き離す。

森本先生と田井先生も駆けつけて、女子生徒の体を起こした。

「お前は、何を考えてんだ‼」

辻本先生の怒号が飛ぶが、男子生徒は薄気味悪い笑顔を浮かべる。

「あは、あはは……腕が一本折れた。これで人を殺せないだろ！」

そう言い、タガが外れたように笑い転げる。

あたしはその光景に青ざめて、その場に尻餅をついてしまった。

何日も校内に監禁された結果がこれだ。正常だった生徒まで、狂いはじめる。

「おい、誰かロープを持ってこい！」

辻本先生の声にアラタ先輩が軽く舌打ちをして倉庫へと走った。

辻本先生が男子生徒を床に押さえつけている間に、アラタ先輩がロープを持ってくる。そして二人がかりで男子生徒の体を拘束した。

しかし、男子生徒はそんなことをされてもまだ笑い続けていたのだった……。

死体

ロープで拘束された男子生徒は体育館倉庫の中に入れられ、その扉は固く閉ざされていた。

それでも倉庫の中からは時折笑い声が漏れてきて、そのたびに背筋に寒気が走った。あたしたちはまだ正常な状態でいられているのだろうか？　ふと、そんな不安が胸をよぎった。

あの生徒と同様に、もう常識がなんなのかわからなくなっているんじゃないか。

だって、あたしと空音はすでに岡崎君を殺してしまっているんだ。

先輩たちはその話を聞いても、正当防衛だととらえてくれていた。

でも、これが現実世界だったらきっと違っていたに違いない。

空音はすぐに岡崎君を攻撃することはなかっただろうし、岡崎君も空音に見つかった時点で逃げていただろう。そしてあたしも……空音が岡崎君を殺している様子をボーッと見ているはずがなかったんだ。

少しずつ、少しずつ、今までの日常が壊れていく音がする。正常であると思い込んでいるだけで、実はすでにあたしも空音も狂った感覚の中にいる。

そして、体育館内にいる生徒たちだって仲間のように見せかけているが、本当は違う。食料を独り占めしようとした者がいる時点で、本当はみんなひとりなんだ。いつ殺されるかわからない恐怖。殺される前に殺してやろうと考えている殺気。そんなものたちで溢れていた。

腕を折られた女子生徒はすすり泣いていて、田井先生がそばに寄り添っていた。他の生徒たちは何もしゃべらず、ただボーッとその場に座っているだけだった。みんなもあたしと同じことを感じているのかもしれない。これだけ大勢の人間に囲まれている中での孤独を噛みしめているのかもしれない……。

この日、あたしは気がつけば眠りについていた。

簡易シャワーで汗を流そうと思っていたのだけれど、それすらできなかった。

朝になればまた地獄のような一日がはじまる。そう思うと、このままいつまでも深い眠りについていたい気持ちになった。

しかし、無情にも朝は来る。

辻本先生が体育館の電気をつけると同時に、あたしは目を覚ました。

そして周囲を見回し、大きくため息を吐き出す。随分眠ったおかげで頭の中はスッキリしているけれど、鬱状態は抜けていなかった。

「愛莉、おはよう」

寝ぼけた声の空音にそう言われて、ようやくホッとして笑みを浮かべた。

今日は五月十六日、監禁されて五日目だ。

頭の中でそう考える。

「おはよう空音」

「昨日はよく寝てたね」

「えへへ。気がついたら寝てた」

あたしはそう言い、頭をかいた。

頭皮もベトついていて、汗を流したい気分だ。

「シャワー浴びたら?」

空音にそう言われてあたしは素直に頷いた。

この時間にシャワーを浴びている生徒はいないから、おかまいなく使わせてもらうことにした。

シャワー室は倉庫の隣にあった。中はコンクリートで、カーテンで仕切られただけのシャワースペースが三つあった。

狭い脱衣所で手早く服を脱ぎ、冷たいシャワーを浴びる。少し寒さを感じたけれど、スッと目が覚めていく感覚が心地いい。小さくなってきた石鹸《せっけん》で体を洗うと、ようやく生き返った気分になった。

体育館にシャワールームがなければ、こうして清潔を保つこともできなかったんだ。そう思うと、ありがたい気持ちになった。

サッパリして出てくると、空音があたしの分の水を差し出してくれた。飲んでみると口の中に甘味が広がる。今日は砂糖を入れてくれたようだ。

「朝は糖分を取らなきゃね」

空音にそう言われて、あたしは笑った。

タオルで髪の毛を乾かしていると、シャワー室の横に人影が見えて視線を移した。そこには細い階段がついていて、カーテンを外したギャラリーへと通じている。そこから転げるように一人の男子生徒が下りてきたのだ。

あたしは驚き、とっさに飛びのいていた。

「どうしたの？」

空音も驚いたように目を丸くする。

よく見ればその男子生徒はもともと体育館にいた仲間の一人だということがわかった。しかし今は青ざめて小刻みに震えている。

「に、二階に……」

小さな声でそう言う。

「二階？」

あたしは首を傾げて階段を見上げた。

細い階段が薄暗い蛍光灯で照らし出されている。

カーテンを取り外すために、あたしたちも一度この階段を使っていた。

「二階に死体がある‼」

男子生徒が大きな声でそう言い、あたしと空音は目を見開いた。

二階に死体？

思いもしなかった言葉に唖然《あぜん》としてしまう。

あたしたちがカーテンを取り外すために二階に上がった時は、死体なんてなかったはずだ。だとしたら、いつの間に？

あたしは体育館にいる面々を見て回った。途中から一人いなくなったら気がつくはずだ。ここから逃げ出した生徒以外は全員ちゃんと揃っているように見える。

「どこだ」

声を聞きつけた辻本先生が大股で歩いてきて、男子生徒にそう聞いた。

「二階の放送室です……」

男子生徒が青ざめた顔のままそう答えた。

あたしの視線は自然と二階の放送室に向けられた。

小さな四畳半くらいの広さで、上半分がガラス張りになっているそこを見つめる。

カーテンを外した時は放送室の中まで確認をしていない。

その死体がいったいいつからあったのか、もしかして最初からこの中にあったものじゃないのか。

そんな不安が一瞬にして渦巻きはじめる。

「一緒に確認します」

辻本先生についてきたのは森本先生だった。

あたしも一緒に。

そう名乗り出ようかと思ったが、もし死体が自殺で、ウイルスに感染していたらと考えるとそれもできなかった。

辻本先生は生徒たちを放送室から遠ざけたのち、二階へと上がっていったのだった。

逃げる

辻本先生と森本先生が戻ってくるまでの間、あたしは生きた心地がしなかった。もう体育館にいられなくなるかもしれない。しかも、もしかしたら感染しているかもしれない。そんな不安が押し寄せてくる。

それはあたしだけじゃなく、みんなも同じようだった。

「きっと大丈夫だから、安心して」

田井先生が必死で優しい言葉をかけてくれる。

普段はその一言で救われるけれど、今は不安が消えることはなかった。

そして数十分が経過した時、ようやく辻本先生と森本先生が戻ってくるのが見えた。

「先生、どうでした⁉」

田井先生がそう聞く。

辻本先生はゆっくりと視線をこちらへ向けて、そして左右に首を振ったのだ。

一瞬、体育館の中が静かになった。

誰もが辻本先生の次の言葉を待っている。

「放送室の中で、一人の生徒が首を吊《つ》って自殺していました」

そんな言葉が体育館中に響き渡る。

今まで凛《りん》とした表情を浮かべていた田井先生が、その表情を崩した。

泣き出してしまいそうな顔で俯く。

「嘘でしょ……」

誰かがそう呟いた。

「その死体って、いったいいつからあったんだ？」

「あたしたちがここに逃げ込む前からあったの？」

「自殺したら、ウイルスは空気感染するんだろ⁉」

あちこちから混乱した声が聞こえてくる。

あたしは自分の体から血の気が引いていくのを感じていた。足元がグラグラと揺らめき、まるで海の上に立っているような感覚だ。

「死体がいつからあるのかはわからない。だけどここにいるみんなはまだ感染していない。きっと、大丈夫だ」

辻本先生はそう言うが、声に張りがなかった。

自信を持って大丈夫だと言い切ることができないのだ。

「嫌だ……嫌だよ‼」

女子生徒がそう叫び声を上げて体育館の外へと走り出した。森本先生が止めようとしたが、その体は女子生徒によって突き飛ばされて体育館の床に転がってしまった。

「森本先生！」

辻本先生がすぐに駆け寄って、抱き起こす。

「ここにいたって危険じゃねぇかよ！」

「結局どこに逃げたって同じなのよ！」

そんな声が聞こえてきて、次々と生徒たちは体育館の外へと駆け出した。

そして、辻本先生が急いでドアを閉めた瞬間、体育館の外からたくさんの悲鳴が聞こえてきたのだった……。


体育館の中に残ったのはあたしと空音、祐矢先輩とアラタ先輩。

それと先生たちだけだった。

「結局、残ったのは俺たちだけかよ……」

アラタ先輩がそう言い、歯を食いしばった。

「感染した死体があったんだ、逃げて当たり前だ」

祐矢先輩は相変わらず冷静な口調でそう言った。

「だったら、なんでお前は逃げないんだよ」

「おそらく、その死体は本当は感染していないからだ」

はっきりと言い切った祐矢先輩。森本先生はその言葉に何度も頷いた。

「そうね。ウイルスは一日から二日で発症する。みんなはもう五日も体育館の中で生活をしているもの」

「どうしてそれを言わなかったんですか？」

空音が少し声を荒らげてそう言った。

「無理だよ。言ったところで全員を引き止めることは不可能だ」

祐矢先輩がそう言った。

そうかもしれない。疑心暗鬼になって恐怖を抱き続けている生徒の精神状態は、もう極限状態だ。そんな中で見つかった死体。これで体育館から逃げないという選択肢をする生徒は、あたしたちくらいなものだ。

「それなら、死体があることを隠してくれたらよかったのに」

今度はすがるような視線を辻本先生と森本先生へ送る空音。

「それも、きっと無理だったんだよ」

あたしは空音の手を握りしめてそう言った。

「あの生徒が死体があると言ってしまった時点で、みんなは混乱してた。たとえ辻本先生たちが死体はないと伝えても、きっと別の生徒が自分の目で確認しに行ってた。そうなると、死体がそこにあるという事実に加えて、先生に嘘をつかれたというショッ

ク が重なる」

そうなると、生徒たちは何を信じて誰についていけばいいかわからなくなるだろう。混乱は混乱を招き、体育館から逃げ出す程度じゃ終わらなかったかもしれない。

空音はあたしの説明を聞いて納得したように俯いた。

「どうする？　このまま体育館に残るか、それとも移動するか」

祐矢先輩が誰ともなくそう質問した。

「お前の答えはもう出てるんだろ？」

アラタ先輩が祐矢先輩を見てそう言った。

すると祐矢先輩は軽く肩をすくめた。

「まぁね。あれだけの生徒が出ていったけど、ウイルスに感染した生徒たちは必ず僕たちを狙ってくる。でも今は他の生徒を追いかけているから、移動するなら今がチャンスだ」

その言葉に、空音があたしの手を強く握りしめた。

また集団で襲いかかられた時のことを考えると、これ以上、体育館に留まることは危険だった。このままでは外に食料を取りに行くこともできなくなる。

「行こう」

あたしはそう言ったのだった。

音楽室

あたしたち七人は無言のまま歩いていた。

体育館よりも安全な場所がこの校内にあるかどうかわからない。

だけど、移動をはじめれば止まるわけにはいかなかった。

階段を下りて渡り廊下へと続く廊下をゆっくりと歩いていく。

さっきまで一緒にいた生徒たちがどこにいるのか、今はもう見当もつかなかった。

「辻本先生、音楽室はどうですか？」

そう言ったのは一番後ろを歩いていた田井先生だった。その言葉にみんなは一度立ち止まった。音楽室は別館二階の一番奥にある。つまり、この階だ。

「音楽室ですか？」

辻本先生が聞き返した。

「ええ。音楽室ならすぐ隣がトイレになっているし、体育館ほどではないにしろドアは防音で強度があります。それに、床は体育館のように硬くはありません。体を休めるにはいいんじゃないですか？」

そう言われて、あたしは音楽室内の状況を思い出していた。

赤い絨毯《じゅうたん》に覆われていて、天井が高くいろんな楽器が置かれている。体育館のようにシャワーはついていないけれど、お尻は痛くなりにくそうだ。

「田井先生がそう言うなら、音楽室を調べてみましょう」

辻本先生はそう言い、あたしたちはいったん音楽室へと向かうことになった。


音楽室の扉は分厚くて重い。それを開けると、大きな教室が現れた。

放課後は吹奏楽部が使う部室になるので、今は机が一番後ろに積まれている状態だった。生徒たちが部活で使っていたとみられる楽器があちこちに散らばっていて、今にも演奏がはじまりそうだ。しかし、予想通りこの部屋の窓もシャッターが閉められていた。

突然下りてきたシャッターに混乱し、生徒たちが逃げていく様子が目に浮かんでくるようだった。ティンパニーのスティックは床に落ち、シンバルは窓際と部屋の中央にバラバラに落ちている。

「誰もいないな……」

アラタ先輩がそう呟いた。

だけど、音楽室の準備室は体育館の準備室よりも広い。楽器を置いておくスペースは教室一つ分の広さがあった。

「中を確認してみよう」

教卓の横の扉を開けると、そこが準備室になっているようだ。

辻本先生が少し体勢を低くして取っ手に手をかけ、あたしはバットを握りしめる。

「開けるぞ」

辻本先生がそう言い、一気に扉を開いた。

一瞬身構えるが、ガランとしたその空間にふぅと息を吐き出した。

道具はほとんど教室に出されている状態で、見回しても何もないことがわかった。

「ここはいいスペースですね」

そう言ったのは田井先生だった。

どういう意味かと思ったけれど、それは感染者が入ってきた時に逃げ込める場所があるという意味なのだと、すぐに理解できた。

「ここは広いし、しばらくは使えそうだな」

辻本先生はホッとしたようにそう言い、イスを引っ張り出してそれに座った。

体育館ではずっと床に直接座っていたから、あたしたちもそれぞれイスを用意してそれに座ることにした。

「机もあるし、死体も感染者もいない。快適だな」

祐矢先輩はそう言いながら音楽室の様子をノートに書きはじめた。

「吹奏楽部って、とっても人数が多いんですね」

教室の隅にまとめて置かれている学生カバンを見て、あたしはそう言った。

「そうね。この学校じゃ一番多いんじゃないかしら？」

そう答えてくれたのは森本先生だった。

カバンの数は二十から三十ほどありそうだ。

「吹奏楽部の人たちは逃げることができたのかな……」

あたしはそう呟いた。

これから部活がはじまるという時に起きた事件だ。とっさに逃げようとしても、ここから生徒玄関まではかなりの距離がある。シャッターが下りはじめてから逃げたのではきっと遅いだろう。

「落ちついたら、探してみるか」

辻本先生がそう言った。

二十から三十人の生徒がまだ校内にいるかもしれない。その可能性をみすみす捨てることはできなかった。

「そうしましょう」

あたしはそう言い、ほほ笑んだのだった。

隙間から

音楽室に移動してきたあたしたちは、生徒たちが残していったカバンの中を確認していた。

女子生徒のカバンが多いようで少し申し訳ない気持ちになったが、今はそんなことを言っている場合でもなかった。

カバンの中に残されていたスマホで連絡が取れるかやってみるが、やはりどのスマホも電波が届かない状態になっていた。

しかし、カバンの中には飴が入っていたりして、食料としていただくことにした。

「なんで女子って食い物ばっかり学校に持ってくんだよ」

ピーチ味の飴を口の中で転がしながら、アラタ先輩がそう言った。

「え？　だって、食べたいですもん」

あたしは首を傾げながらそう答えた。

「食べたいって、そんなに飴が食べてぇか？」

「別に、飴じゃなくてもガムとかでもいいんですけど、飴が一番食べやすくて種類が豊富っていうか……」

説明しながらも、自分でも疑問になってきた。

ほんと、なんでだろう？　あたしも普段からよく飴をカバンに入れてきている。

「女の子はね、男の子より糖質が必要な時もあるのよ」

そう言ったのは森本先生だった。

「そうなんですか？」

そう聞き返したのは祐矢先輩だった。

「そうよ。とくに年頃の女の子は無茶なダイエットをしたり、朝食を抜いたりするでしょ？　そういう時に、体が甘い物を欲しがるようになるのよ。だから自分の体を守るために、無意識に摂取したりするのよ」

そうだったんだ。あたしはようやく納得できた気分だった。

「なるほど、栄養の偏りを糖質で補ってるってことか」

祐矢先輩はそう言い、人をバカにしたようにフンッと鼻を鳴らして笑った。

頭のいい祐矢先輩からすれば、ダイエットなんてバカバカしいみたいだ。だけど、そのおかげで今こうして飴にありつくことができているんだ。

思いがけないところで女子生徒たちのダイエットが役立っている。

「食料を体育館から移動させないといけませんね」

田井先生がそう言い、辻本先生へ視線を向けた。

「そうですね。今日中にはどうにかしましょう」

辻本先生はそう返事をしながらも、どこか上の空だ。何か別のことを考えているように見える。

「また体育館に戻るんですか？」

空音がそう聞いた。

「あぁ。食料を運んでくるだけだから、すぐだ」

辻本先生はそう言って笑顔を浮かべた。

「嘘だろ」

横からそう言ったのはアラタ先輩だった。

その言葉にあたしは「どうしてしそんなこと言うんですか？」と、聞いた。

「よく思い出してみろよ。体育館にはロープで拘束したままのアイツが残ってるんだ。辻本先生はアイツを助けに行くんだろ？」

アラタ先輩の言葉にあたしは目を見開いた。

今朝の騒動ですっかり忘れてしまっていたけれど、確かに倉庫に拘束したままの男子生徒がいる。

「じゃ、じゃあ、拘束をといてあげて連れてくればいいじゃないですか」

あたしは慌ててそう言った。

「そういうわけにはいかない。今朝の騒動はアイツのところまで聞こえていたはずだ。そこで一人取り残されてしまったアイツはきっと錯乱状態だろうな。感染者の死体が見つかった体育館に取り残されたって思い込んでいるかもしれない。ここに連れてくれば、きっと僕たちが攻撃される」

祐矢先輩が静かな声でそう言った。

「そうかもしれないけど……じゃあ、どうするんですか？」

辻本先生へ向けてあたしはそう聞いた。

辻本先生は困ったように唸り声を上げ、頭をかいた。

「連れてくるわけにはいかないし、一人だけ放っておくわけにもいかない」

辻本先生はそう言い、ため息を吐き出した。

せめてあの男子生徒が正気でいてくれれば、こんな問題は起こらなかったのに。

「いったん体育館へ戻り、生徒の様子を確認する。大丈夫そうなら連れてくるけれど、その確率は低いだろうな」

辻本先生は残念そうな口調でそう言ったのだった。

飴玉で昼ご飯を終えたあたしたちは、音楽室を調べて回っていた。

シャッターを開けるには相変わらず暗証番号が必要なようだし、外へ連絡を取る道具も見当たらない。試しにみんなで楽器を使って大きな音を立ててみたけれど、外からはなんの反応も返ってこなかった。

もともと防音にもなっているし、やはりそう簡単にはいかないようだ。

辻本先生は言っていた通り、食料を取りにいったん体育館へと戻っていた。

あの生徒がどうなっているか気になるけれど、大人数で行けば相手を刺激してしまうと考えて辻本先生は、一人で行ってしまった。

「ダメだね」

何度か当てずっぽうで暗証番号を入力していた空音がそう言い、ため息をついた。

「仕方ないよ。そんな簡単には開かないように校長だって相当考えて決めてるはずだから」

あたしはそう言い、空音の背中を叩いた。

その時だった、ドタドタと大きな足音が聞こえてきたかと思うと、青ざめた顔をした辻本先生が大股で音楽室へと入ってきた。その手には食料が入った段ボールが抱えられている。

「辻本先生！」

あたしはそう言い、先生に駆け寄る。

しかし先生は息を切らしていて何も言わない。

「辻本先生、何かあったんですか？」

森本先生が心配そうな表情を浮かべてそう聞くと、辻本先生はその場に段ボールを置くと、「いなかった……」と、呟くように言ったのだ。

「いなかったって、誰がですか？」

森本先生がさらに聞く。

「拘束していた生徒が……いなかったんだ」

辻本先生は放心状態でそう呟いた。

「いなかったって、どういうことだよ」

アラタ先輩がそう聞く。

「わからない……。でも、ロープは千切られていた」

その言葉にあたしは目を見開いた。

体にグルグル巻きにされていたロープが千切れていた？　普通の生徒の力じゃそんなこと到底無理だ。ロープを千切るなんて、それこそ保健室で見たような光景だ。

「なんで、そんなことになっていたんですか？」

混乱したようにそう言ったのは田井先生だった。

「わからないです。だけど、想像では……」

そこまで言い、口を閉じる辻本先生。

「……想像では、二階にいた自殺死体は感染していた？」

そう続けたのは祐矢先輩だった。

辻本先生はハッとした顔で祐矢先輩を見る。

「どういうことだよ。死体は感染していなかったって言ったのはお前だろ？」

アラタ先輩がそう言う。

辻本先生は祐矢先輩を見てゆっくりと「その通りだ。おそらく放送室にいた生徒は感染していた」と、頷いたのだ。

「はぁ⁉　意味わかんねぇし‼」

アラタ先輩は声を荒らげる。

その気持ちは十分に理解できた。あたしもすごく混乱していて、心臓がいつもの倍の速さで動いているのがわかった。

「二階の放送室は隔離された空間だった。外への空気の出入りも少ない。ウイルスは体育館に蔓延することなく、長時間あの部屋に留まっていた。それが、僕たちが隔離されたドアを開けたことで、途端にウイルスが蔓延しはじめたのかもしれない」

祐矢先輩がわかりやすく説明してくれる。

「それでも発症までにまだ時間があるんじゃないですか？」

そう言ったのは空音だった。

「いや、僕が今言ったのは一つの仮説でしかない。もしかしたらウイルスは形を変えて、より簡単に感染するようになっていたり、発症までの時間が短くなっている可能性もある」

祐矢先輩の言葉に全員が黙り込んでしまった。

こんな短期間にウイルスが形を変えることなんてあるんだろうか？　現実世界では到底考えられないことだった。だけど、こうして子どもたちだけに感染するウイルスが現に存在しているのだ。自殺と他殺を誘発する史上最悪のウイルス。

短期間で形を変え、より狂暴になっていても不思議ではないのかもしれない。

「あたしたち、生きて出られるの……？」

空音が目に涙を浮かべてそう言った。

あたしは空音の手を強く握りしめる。

『大丈夫だよ』

そう言って安心させてあげたかったけれど、不安で喉がつかえて言葉が出てこなかったのだった……。

追われる

あたしたちは静かな時間を過ごしていた。

時々水を飲んだり飴をなめたりする以外には、ほとんど動くこともなかった。

祐矢先輩の推理は、死ぬ時期が早まったと考えざるを得ないものだった。

拘束していた生徒は自力でロープを千切って逃げた。それは、もうすでに殺害衝動へと切り替わっていることを意味していた。

「ここでボーッとしていても死ぬだけなんだろうな」

ぼんやりと天井を見上げていたアラタ先輩がそう呟いた。

「そうとは限らない。助けが来るかもしれないだろ」

辻本先生がどうにかそう言った。

「助けなんて、どこに来るんだよ。外からは何も聞こえてこねぇじゃねぇか。どうせ俺たちは見捨てられたんだ」

「そんなことはない！」

辻本先生がそういうが、アラタ先輩は鼻でフンッと笑っただけだった。

あたしはそれを止めることすらできなかった。無気力で、なんだか何もかもがどうでもよかった。

トイレに立つことさえ億劫《おっくう》で、このまま床に溶けて死んでしまえたらラクなのにと思ってしまう。

アラタ先輩は何度かアクビを繰り返し、そして立ち上がってドアへと向かった。

「どこに行くんだ？」

祐矢先輩がそう聞いた。

「便所」

アラタ先輩はそれだけ答えると、音楽室を出ていってしまったのだった。

アラタ先輩がいなくなった瞬間、音楽室の中は静けさに包まれた。

誰か、何か話をしてくれれば気がまぎれるのにと思うのに、自分から話しかけることもできなかった。

床に寝そべり、ぼんやりと天井を見上げる。微《かす》かな呼吸を繰り返しながら何も考えずにいると、自分が死んでしまったような感覚になった。

ほんと、いっそ、このまま……。

そう思った時だった、祐矢先輩が立ち上がったのであたしは視線を移動させた。

「僕もトイレに」

そう言うと、ドアを開けて外へ出ていく。

「あたしも」

祐矢先輩に続くように空音が立ち上がった。

「愛莉は？」

「あたしも、行っておこうかな」

そう言い、ヨロヨロと立ち上がる。体が重たくて少し歩くだけでも億劫だ。

だけどこのままじゃ本当に動けなくなってしまいそうだ。あとから一人でトイレに立つのも嫌で、どうにか空音について外へ出た。

廊下はとても静かだった。誰の姿もない。

そして、あたしと空音は、そっと女子トイレへと入った。

隔離されてから、トイレを使う時はやけに緊張するようになっていた。トイレの中に死体があるかもしれないという恐怖心が体を震わせた。

「大丈夫みたいだね……？」

トイレの奥まで確認した空音がホッとしたようにそう言った。

体育館のトイレのように感染者が隠れていることもなく、あたしたちは用を済ませてすぐにトイレから出た。

あとは音楽室に戻るだけというところで、前にいた空音が足を止めた。

「どうしたの？」

そう聞くが返事がない。

あたしは空音の後ろから音楽室のドアを見る。瞬間、息をのんだ。

ドアの前に男子生徒が立っている。

その後ろ姿は祐矢先輩でもアラタ先輩でもない。

見たことのない男子生徒は、ドアの前でゆらゆらと奇妙に体を揺らしながら中の様子をうかがっている。

普通に中へ向けて声をかけない時点で、感染者である可能性がある。

前に立っている空音の緊張が、あたしにまで伝わってくるのがわかった。

体中に汗が流れていく中、あたしは空音の手を握りしめて体の向きを変えた。視界の端に男子生徒の姿を残しつつ、後方に下がる。

このままゆっくりと体の向きを変えて逃げればいい。そう思っていたのに……人の気配に気がついたのか、男子生徒が突然こちらを振り向いたのだ。真っ赤に光る目があたしと空音を捕らえる。

考えている暇なんてないまま、あたしは走り出していた。

空音が弾かれるようにしてついてくる。

どこに逃げるかなんてわからなかった。

ただひたすら走って男子生徒から逃げることしか頭になかった。

廊下を一気に走って目の前に突き当たりが見えた。

右手には使われていない空の教室がある。左手はパソコン部の部室だ。どちらも普通の教室でドアの強度は強くない。

あたしはとっさにパソコン室へ走り込んでいた。

空音がドアを閉めて鍵をかける。

あたしは廊下側の窓の鍵をすべて閉めて回った。

教室の中にはズラリとデスクトップパソコンが並んでいて、屈めば死角になる場所は多い。

あたしと空音は教室の一番奥に走り、パソコンに隠れるようにしてしゃがみ込んだ。

廊下に聞こえてくる足音はどんどん近づいてくる。

息を殺して耳を澄ましていると、廊下側の窓に人影が映った。

あたしたちを探しているのか、教室の前を行ったり来たりしている。

あんな窓なら簡単に壊して中に入ってきてしまうだろう。そう思い、あたしは教室の中を見回した。

何か武器になりそうなものがないか確認するが、使えそうなものは見当たらない。

入ってこられれば、そこで終わりだ。

空音があたしの隣で短く呼吸を繰り返しているのがわかった。

「死にたくない。死にたくないよ……」

泣きそうな声でそう呟く空音の手をあたしは強く握りしめた。

誰かがドン！　と窓を叩く。その音にビクリと体を震わせて身を縮めた。

「おい、いるのか⁉」

その声にあたしと空音は同時に顔を上げていた。

外から聞こえてきたのはアラタ先輩の声だったのだ。

「……アラタ先輩……？」

心臓は激しく打っていて、言葉も掠れていた。

「もう大丈夫だから出てこいよ！」

これは祐矢先輩の声だ！

窓の向こうには二人の影が見えている。あたしと空音は手を握り合ったままドアを開けた。

「大丈夫だったか？」

祐矢先輩が心配してすぐにそう聞いてきてくれた。

あたしと空音は何度も頷く。

「どうして、二人が……？」

空音が聞いた。

「トイレから出てきたら、お前らが感染者から逃げていくのが見えたんだ。その時ちょうどアラタが戻ってきたから、助けに来た」

そう言う祐矢先輩のシューズには血がついていて、先輩たちの向こう側に倒れている男子生徒の姿が見えた。

二人が来てくれなければ、あたしたちはこの生徒に殺されていたかもしれないのだ。

そう思い、あたしはブルリと強く身震いをしたのだった。

大麻

アラタ先輩と祐矢先輩に助けられたあたしたちは、どうにか音楽室へ戻ってくることができていた。

あたしたちに代わって二人が先生たちに事情を説明すると、先生たちは一様に険しい表情になる。ここにいれば少しは安全だと思っていたけれど、それも時間の問題かもしれない。

感染者はすでにこの場所を嗅ぎつけているのだ。次にいつ襲われることになるかわからない。

「学校内に残っているのは、本当に俺たちだけなのかもしれないな」

祐矢先輩がそう呟いた。

「感染者があと何人残っているか、それが問題だな」

そう言ったのは辻本先生だった。

辻本先生はイスに座って腕組みをしている。

体育館に襲撃に来た感染者だけでもかなりの人数だったようだし、感染者全員がここへ押しかけてくる可能性もあった。そうなると、あたしたちに勝ち目なんてない。

あたしは心が重たく沈んでいくのを感じて大きく息を吸い込んだ。いくら自分自身に大丈夫だと言い聞かせてみても、不安は募るばかりだった。

「俺、もう少し外の様子を見てくる」

そう言って立ち上がったのはアラタ先輩だった。

「おい、やめておけ！」

辻本先生がすぐにアラタ先輩を止めた。

アラタ先輩はそれを乱暴に振りほどき、出入り口へと大股に歩いていく。

「アラタ！」

祐矢先輩の声も聞かず、アラタ先輩は音楽室を出ていってしまったのだった。

アラタ先輩が出ていってしまった音楽室の中はとても静かだった。

祐矢先輩はアラタ先輩のことを気にしながらも、呆れた顔を浮かべている。

「空音、もう一度、暗証番号を考えてみようか」

何もしていないと気分はどんどん沈んでいってしまう。

そう考えてあたしは提案した。

「そうだね……」

今まで頑張ってきてもシャッターは開かなかったからか、空音の表情は浮かない。

「それよりも、気分転換に歌でも歌ってみる？」

　そう言ったのは森本先生だった。

「歌、ですか？」

　あたしはパネルの前に座ったままそう聞いた。

「そうよ。せっかく音楽室にいるんだし、歌くらい歌わないとね」

　その明るい声にあたしと空音は目を見交わした。

　学校に隔離されてから歌を聞いたり歌ったりすることなんてなかった。いつも気がつけば周囲は静かで、重たい空気を感じていた。

　言い出しっぺの森本先生が静かに歌いはじめる。

　校歌や学校で習った曲を歌うのかと思っていたが、意外にも最近流行りの曲だったのであたしたちは驚いた。

「実はファンなのよ」

　森本先生は、まるで少女のように頬を赤らめてそう言った。

「あたしも好き！」

　空音がそう言い、歌を口ずさむ。

　最初は小さな歌声だったのが徐々に大きくなって音楽室に響いていく。

　高い天井に反射して戻ってくるから、倍くらいの音に聞こえていた。

歌を口ずさみはじめると重たい気持ちがどんどん軽くなっていくようだった。

歌の力はすごい。どんな状況でも明るい歌を歌っている間は心が晴れやかになる。

気がつけばみんなの顔に笑顔が浮かんでいた。

よかった……。あたしたちはまだこうして笑うことができる。うれしくなった瞬間だった。

「ちょっと黙って！」

祐矢先輩が突然大きな声でそう言って、みんなの歌声を遮った。

音楽室の中が途端に静かになる。祐矢先輩は真剣な表情で耳を澄ませている。

「どうした？」

辻本先生が不思議そうな顔でそう聞いた。

「外から何か聞こえた気がして……」

そう言ってドアに近づいていく祐矢先輩。

あたしはその様子を見ながら立ち上がって身構えた。

何も聞こえてこないけれど、もしかしたら外に感染者が集まってきているのかもしれない。体育館と違って外の音が聞こえにくいのは不利になる。

祐矢先輩がゆっくりとドアノブに手をかけた。

「気をつけろよ」

辻本先生が祐矢先輩の後ろからそう声をかけた。

「たぶん大丈夫です。この声は……」

祐矢先輩がそう言い、ドアを開けた。

途端に外から笑い声が聞こえてきた。

祐矢先輩が後ずさりをして音楽室へと戻ってくる。

「なに？」

とっさに身構えて、横に置いていたバットを握りしめた。

先生たちがあたしと空音を守るように前に出る。

「おい、なんだよお前！　何したんだ‼」

ドアの向こうの人物に祐矢先輩がそんな言葉をかける。

しかし向こう側からは高らかな笑い声しか聞こえてこなかった。

感染者だろうか？

それにしては今までとは全然違う感じがする。少なくてもこんなふうに高らかに笑っている生徒なんていなかった。笑い声に押されるようにして後ずさりをしていた祐矢先輩が、体のバランスを崩して尻餅をついた。

その向こうに立っていたのは……アラタ先輩だ。アラタ先輩は大きな笑い声を上げながら、焦点の合っていない目でフラフラと音楽室へ入ってくる。

「なに……あれ」

空音が眉を寄せてそう呟いた。

「わからない」

あたしは左右に首を振ってそう返事をした。

しかし次の瞬間、森本先生が動いていた。

アラタ先輩に駆け寄り、フラフラと歩くその体を支える。アラタ先輩はその場に力なく座り込んだ。

「こいつ、薬物までやってたのか」

祐矢先輩がお尻についたホコリを払いながら立ち上がり、そう言った。

「薬物⁉」

あたしは驚いて目を見開いた。

「大麻かしら……。どこかに隠し持っていたのね」

森本先生がそう言い、アラタ先輩に水を飲ませようとしている。

しかし、アラタ先輩はそれを拒否している。

「そこまでバカだとは思わなかった」

祐矢先輩はため息交じりにそう呟いた。

あたしはこの学校内で薬物を所持している人間がいるということに、一番の驚きを感じていた。薬物なんてテレビの世界だけで、現実世界の、こんなに身近にあるなんて思ってもいなかったことだ。

森本先生はアラタ先輩の脈拍を図っている。

アラタ先輩の笑い声は相変わらず聞こえてきていて、あたしは自分の両耳を塞いだ。

聞いていたくないような笑い声だ。

「大丈夫よ、大麻なら少し時間がたてばきっと正気に戻るから」

森本先生はアラタ先輩を見てそう言ったのだった。

夢

アラタ先輩の笑い声が途絶えたのは、それから数十分後のことだった。突然ピタリと止まったかと思うと、今度はキョロキョロと周囲を見回しはじめたのだ。

「誰か俺のこと呼んだか？」

誰も呼んでいないのにそんなことを言っては周囲を探す。完全な幻聴症状だった。

それを見ていた祐矢先輩が時々「誰も呼んでない」と、返事をする。するとしばらくは大人しくなるのだけれど、少し時間がたてばまた同じように周囲を見回した。

「常習犯ね」

その様子を見て森本先生がそう言った。

「そうなんですか？」

あたしはそう聞いた。

「えぇ。人にもよるけれど、ここまで幻覚や幻聴が起こるのは、初めてじゃないからだと思うわ」

アラタ先輩はいったいいつから薬物に手を染めていたのだろうか。一度やるとやめたくてもやめられなくなる。自分から底なし沼に足を踏み入れるようなものだ。

「なぁ、おい、誰だよ俺を殺そうとしてるのは」

アラタ先輩はそう言い、怯えたように周囲を見回す。

「誰もお前のことなんて殺そうとしてない。ほら、水を飲めって」

祐矢先輩は呆れたようにそう言い、アラタ先輩に水を渡そうとする。

少しでも尿と一緒に出してしまったほうがいい、という考えなんだろう。だけど、アラタ先輩はそれを受け取らなかった。ペットボトルを見て恐怖に顔を歪めている。

「拳銃だ！　お前、なんで拳銃なんて持ってんだよ‼」

祐矢先輩へ向かってそう叫び、勢いよく走り出す。

あっ……と、思う暇もなかった。アラタ先輩は音楽室から出ると、何も持たないまま校舎内へと走って消えてしまったのだ。

「先生！」

あたしはとっさに振り向いて辻本先生を見た。

「まったく、世話のやける奴だな」

辻本先生はそう言いながら立ち上がる。

「僕も一緒に探しに行きます。あんな大声を出して校内を歩き回ってたら、感染者に見つかる」

祐矢先輩はしかめっ面をして、そう言ったのだった。

それから数時間が経過していた。

アラタ先輩は出ていったきりで、音楽室の中は相変わらず嫌になるくらい静かで、自分たちの呼吸音だけが聞こえてきていた。

空音が横になって目を閉じている田井先生に話しかけた。

「ねぇ、田井先生」

「どうしたの？」

目を開け、空音を見る田井先生。

「田井先生はどうして先生になろうと思ったんですか？」

その質問に田井先生は少し驚いたように目を丸くした。

「高校時代の恩師がいたからよ」

田井先生は昔を懐かしむように目を細めた。

「恩師って、どんな人ですか？」

「どんな生徒たちにも分け隔てなく接してくれて、とても親身に相談に乗ってくれる女の先生よ。国語を担当していたけれど、それ以外の科目でもできる限りのことを教えてくれていたわ」

「いい先生だったんですね？」

「えぇ。あたしが進学か就職かで悩んでいた時は、放課後によく相談に乗ってもらっていたのよ」

「っていうことは、卒業ギリギリまで教師になるか決めてなかったってことですか？」

「そうよ。何がしたいのか、まだ自分で決めることができていなかったわ。だけどね、先生に相談しているうちに、『あぁ、私もこんな人になりたいなぁ』って思えてきて、進学する道を選んだの」

田井先生はそう言い、少し恥ずかしそうに頬を赤くした。

「田井先生……実はあたしも、田井先生みたいな先生になりたいなって、ぼんやりとですけど思ってるんです」

空音がそう言うので、あたしは「そうだったの⁉」と、聞き返していた。

空音は照れたように笑って「うん」と、頷いた。

「あら、それはとてもうれしいわね」

田井先生も照れたようにそう言い、森本先生は「素敵ですね」と、ほほ笑んだ。

「田井先生は覚えてないかもしれないんですけど、入学式の時にあたしシューズを忘れてきたんです。これから学校がはじまるっていうのにシューズを忘れてくるなんて、なんてドジなんだろうと思って、自分にガッカリしてました。今日の入学式は来客用のスリッパで参加するしかないんだって……。そんな時に声をかけてくれたのが田井先生だったんです」

空音の話に田井先生は一生懸命その時のことを思い出そうとしている。

「『今日は入学式ね、頑張って』そう言って、あたしに真新しいシューズを差し出してくれたんです」

「そう……そんなことがあったかもしれないわね」

田井先生は思い出せないのか、申し訳なさそうな表情を浮かべている。

田井先生からすればすぐに忘れてしまうような些細《ささい》な出来事でも、空音にとっては将来の夢を決める出来事だったようだ。

「ここから出られるかどうかわからないですけど、もし出ることができたら、あたしは先生を目指そうと思います」

そう言うと、空音はうれしそうに笑った。

どんな物事でもきっとそうだ。はじまりは気にも留めないような些細なこと。それが自分の中では大きな衝撃になって、広がっていく。アラタ先輩が薬物に手を出してしまったことも、空音が将来への夢を見つけたことも……まったく違うようで、そのきっかけにそれほどの差はないはずだった。

自分が強くあれば回避できることもたくさんある。

あたしはそのことを改めて感じたのだった。

中毒

その夜、アラタ先輩と祐矢先輩の二人が戻ってくることはなかった。

辻本先生は途中で二人を見失ってしまい、一人で音楽室へと戻ってきていた。

「二人は大丈夫ですか？」

森本先生のその問いかけにも、辻本先生は答えられないままだった。

どこにいるのかわからないのだ。

安全な場所を見つけられていればいいけれど、アラタ先輩があんな状態じゃそれもできていないかもしれない。幻覚や幻聴といった症状が弱まらなければ、しっかりと逃げることもできないだろう。それは最悪の事態を意味していた。

「心配だけど、仕方がないですよ」

あたしは小さな声でそう言った。

あんなにたくさんいた生徒が、今は空音とあたしの二人だけなってしまっている。

「辻本先生までいなくなったら、あたしは悲しいです」

そう言うと、自然と涙が溢れていた。

さっき、空音は田井先生に自分の気持ちを伝えた。

ここで死んでしまうかもしれないということを、ちゃんと考えての行動だったに違いない。

それなら、あたしも辻本先生にちゃんと伝えたかった。

「あたしは、辻本先生のことが好きです」

「愛莉……」

空音があたしの手を握りしめた。あたしは空音の手を握り返す。

「そうだったのか……」

辻本先生はそう言うが、驚いている様子はなかった。

もう気がつかれていたみたいだ。

こんな状況になってからも、辻本先生と離れたくなくて一緒にいたから、当然のことかもしれない。代わりに、反応を示したのは森本先生のほうだった。

あからさまにあたしから視線を外し、居心地が悪そうに体勢を直す。

「わかってますから、大丈夫ですよ」

あたしは森本先生へ向けてそう言った。

「え、わかってるって？」

動揺し、声が裏返っている。

「森本先生と辻本先生はとってもお似合いですよ」

そう言うと、森本先生の顔が一気に赤く染まった。恋を知ったばかりの小学生のような反応に、素直に可愛いと感じた。

「……ありがとう」

森本先生は真っ赤になりながらも、どうにかそう言った。

「あたし、トイレに行ってきます」

あたしはそう言い、立ち上がった。

二人を応援するつもりでいたものの、いざ口に出してみると心に鋭い刃物が突き立てられたような痛みを感じる。

思っているだけなのと口に出すのとではこんなにも違うのだ。

あたしは一人で立ち上がり、音楽室を出た。

その瞬間、廊下にうつ伏せで倒れている男子生徒が視界に入り、小さく悲鳴を上げていた。後ずさりをして音楽室へと戻る。

「愛莉、どうしたの？」

空音が驚いたように駆け寄ってくる。

あたしは倒れている男子生徒に視線が釘づけだった。明るい頭髪、着崩した制服。

それは数時間前まで一緒にいたアラタ先輩にそっくりだったのだ。

「キャッ！」

あたしの後ろから廊下を確認した空音が悲鳴を上げた。

「いったいどうしたんだ？」

先生たちが駆けつけると同時に、アラタ先輩の姿を見て言葉を失っている。

「嘘だろ……」

辻本先生がそう呟き、廊下に出た。

アラタ先輩の体に近づき膝をつく。

首筋に手を当てて脈を診ているが、やがてゆっくりと左右に首を振った。

「死んでるんですか……？」

空音が震えながらそう聞いた。

辻本先生は「あぁ」と、小さな声で頷いた。

「なんで……あんなに元気だったのに！」

あたしは思わず声を大きくしてそう言っていた。

今までずっと一緒に頑張ってきたのに、なぜこんなところで死んでしまったのか。

「大麻ではなく、危険ドラッグだったのね」

そう言ったのは森本先生だった。

森本先生はアラタ先輩の体を仰向けに寝かせた。その口からは泡を吹いていて、手には錠剤の入ったアルミ製のシートが握りしめられているのがわかった。

「クソッ」

辻本先生がやり場のない悲しみや怒りを発散するように壁を殴りつけた。

「祐矢先輩は？」

あたしは周囲を見回してそう言った。

アラタ先輩を追いかけていった祐矢先輩の姿が見えない。

「わからない……」

辻本先生はそう言い、下唇を噛みしめたのだった……。

集団自殺

翌日の五月十七日。

監禁されて六日目の朝が来た。

起きてもぼんやりと床に座ったままで、もう何をすればいいのかわからない状態だった。

次から次へと仲間たちが死んでいく。いくら待っても助けは来ない。暗証番号もわからない。

「このまま死ぬのかな」

そんな言葉が思わず零《こぼ》れてしまっていた。

「何を言ってるの、まだまだ食料はあるんだから、きっと大丈夫よ」

田井先生がそう言い、あたしの背中を優しく撫でてくれた。

その手のぬくもりはまるでお母さんのようで、自然と涙が溢れ出してきた。

「祐矢先輩を探しに行きたい」

不意に空音がそう言った。

あたしは驚いて空音を見る。

「これ以上、仲間がいなくなるのは嫌」

祐矢先輩がどこにいるのかわからないのに、空音はそう言う。

「でも……学校内は危険だよ」

どのくらい生存者が残っていて、そのうちどのくらいが感染者なのかわからない。

「でも、ここでボーッと待ってるなんてできないよ！」

何かしていないと落ちつかないのか、空音は叫ぶようにそう言った。

空音の気持ちが理解できないわけじゃなかった。ただ、男性という戦力が辻本先生一人しかいない状況で動き回るのは危険だった。

「……行きましょうか」

そう言ったのは田井先生だった。

「田井先生？」

あたしは驚いて田井先生へ視線を向けた。

「ここでボーッとしていても、問題は解決しないわね。それなら少しでも動いて、仲間を見つけたほうがいいかもしれないものね」

「本気ですか？」

辻本先生がそう聞いた。

「えぇ。この子の希望を聞いてあげましょう」

田井先生はそう言い、空音の頭をポンッと撫でたのだった。

それからあたしたち五人は食料を持ち、音楽室を出た。

廊下にはアラタ先輩の死体が転がったままだけど、教室内に運ぶ暇はなかった。

「いったん放送室に隠れるのはどうかしら？」

田井先生が先頭を歩きながらそう言った。

「放送室ですか？」

森本先生がそう聞く。

「えぇ。生きている生徒がいるかどうか、放送で呼びかけてみるんです」

「そんなことしたら、感染している生徒まで呼ぶことになりませんか？」

辻本先生がそう言った。

「それはわかりません。やってみないことには……」

感染者が放送に反応を示すかどうか、一か八かの賭けみたいだ。だけど、うまく行けば生存者と合流することができる。

「やってみましょうよ」

あたしは先生へ向けてそう言ったのだった。

放送室は本館の二階にある。

あたしたちは渡り廊下を渡って本館へと戻った。

すぐに右へ曲がり、二年生の教室とは逆方向へ向かった。その先には放送室の他に生徒会議室や、文化祭などのイベントに使うための道具を収納している教室がある。

「誰もいないような雰囲気だな」

歩きながら、辻本先生がそう呟いた。

寒気がするほどの静寂だ。教室のドアはどこも開け放たれていて、中には机がひっくり返っていたりする。感染者と格闘をした形跡なのか、血がこびりついている教室もあった。何も聞こえてこないだけで、他の生き残りたちの逃げ惑う悲鳴は確かにあったのだ。

その現場を見て、あたしは言い知れない罪悪感を抱いていた。

あたしは何もしてあげられなかった。ずっと体育館にいて気づいてあげることもできなかった。罪悪感と悲しみが押し寄せてきた時、ドアが閉まっている教室から、微かな物音が聞こえてきた気がしてあたしは立ち止まった。

生徒会議室だ。

そこは教室より一回り小さな部屋だった。各学年の委員長たちが集まり、学校のイベントや問題について話し合いをする教室。

「どうしたの?」

立ち止まったあたしに気がついて、空音も同じように立ち止まってそう聞いてきた。

「何か音がする」

あたしは小声でそう言った。

もし感染者だったら、襲われてしまうかもしれない。バットを握る手に力を込める。

「それなら俺が行く」

辻本先生がそう言い、あたしの前立った。

「で、でも……」

あたしが気がついたことで辻本先生を危険な目に遭わせるのが嫌で、たじろいでしまう。

「いいから、少しどいてろ」

辻本先生はそう言うと、ドアの前に立って深呼吸をした。

『気をつけて！』

そう言いたかったけれど、不安が大きくて言葉にならなかった。

辻本先生がドアに手をかける。そして、思いっきり開いた……。

瞬間、物音が鮮明に聞こえはじめた。

ギッ……ギッ……と、木のベッドがきしんでいるような音だった。

ギッ……ギッ……ギッ……ギッ……。

それは定期的に乱れることなく続いている。

教室の中は真っ暗でその音の正体がわからない。

辻本先生が教室に入り、手探りで電気のスイッチを探す。

それに続いてあたしたちも教室へと入った。

音はするけれど人の気配は感じられない。誰かが出てくるような雰囲気もない。だけどなんだろう……すごく嫌な気分だ。

心を重たく押し潰すような気分の悪さに顔をしかめた。

その時だった。

電気のスイッチが入り、教室内は明るさに包まれた。一瞬眩しさに顔をしかめたが、すぐにその光景が目に入ってきた。

カーテンレールからぶら下がっている、無数の首吊り死体。一つの死体が微かに揺れていて、その度に綱がギッ……ギッ……と、きしむような音を立てているのだ。

「イヤァァァァ!!!」

空音が叫び、その場にうずくまった。

カーテンの端から端までを埋め尽くすように、生徒たちは並んで自殺していた。途端に糞尿の臭いが鼻を刺激しはじめる。

「なんで……」

森本先生が生気のない声でそう呟いた。

「嘘だろ……」

辻本先生はそう呟き、死体へ駆け寄った。

「おい、お前ら！　何してんだよ‼」

一人ずつ脈を確認していく。

「あなたたちは外へ出ていなさい」

田井先生が言う。

だけどあたしも空音もその場から動くことができなかった。

集団で自殺している生徒たちが感染者だったとしたら？

もうこの学校中にウイルスは蔓延しているんじゃないか？

だとすれば、あたしと空音も……。

「おい、この生徒たちは感染してなかったんだ‼」

辻本先生がそう言い、あたしはハッとして顔を上げた。

辻本先生の手にはノートを千切ったような紙が握られている。

「あたしたちは感染者ではありません。ただ、この地獄のような学校内で生きていく自信がなくなっただけです」

辻本先生がノートに書かれている内容を読み上げていく。

感染者じゃない……？

そうとわかると、途端に体から力が抜けていき、あたしは空音の隣に膝をついた。

「なんで……祐矢先輩まで……」

空音が呟く。

そう、その集団自殺の中には、祐矢先輩の死体も一緒に交ざっていたのだ。

ついさっき、ほんの数分前にイスから足を離したのだろう。祐矢先輩の体だけ微かに揺れて、ロープがきしんでいたのだった……。

最終章

惨状

「祐矢先輩が自殺なんて……」

生徒会議室から出たあたしはそう呟いた。

一番冷静で、学校内で起こっていることを記録していた祐矢先輩。そんな祐矢先輩が自殺するなんて、考えてもいないことだった。

「自殺していた生徒の中に神田《かんだ》リナがいたからだろうな」

辻本先生が静かな声でそう言った。

「え？」

あたしは聞き返す。

聞いたことのない生徒の名前だ。

「神田リナは一言でいえば才色兼備だ。誰からも好かれるような生徒で、妹尾も神田リナを好きだった生徒の一人だった」

「じゃぁ、祐矢先輩は神田さんのあとを追って……？」

空音が聞く。

「おそらくは、そうだろうな」

辻本先生は頷いた。

もし辻本先生が死んでしまったら？

そんなこと想像するだけで嫌だったけれど、そう考えると祐矢先輩の気持ちは痛いほどよくわかった。

アラタ先輩を追いかけてあの教室に入り、そして好きな人の死体を見つけた祐矢先輩はいったいどんな気持ちだっただろうか？

あの冷静な祐矢先輩が発狂し、泣き叫んだかもしれない。そして、彼女と同じ場所で同じ方法で自殺することを選んだんだ。

悲しい気持ちのまま歩いて廊下を曲がると、不意に壁に血がついていることに気がついた。

「おい、この先は……」

辻本先生がそう言い、立ち止まった。

廊下の前方へと視線を向けてみるとあちこちに血が飛び散っている。それだけじゃない。争ったあと絶命してしまった生徒たちの死体が転がっているのだ。

足が逆を向いていたり、眼球が零れ出たり、原形がないほど体中を傷つけられたりしている。

「嘘でしょ、何よこれ！」

森本先生が叫ぶ。

「みんな、ここにいたのか……」

そう言ったのは辻本先生だった。

体育館にいた生徒よりも多くの生徒たちが、二階の奥に集まっていた。だから感染者はここに引き寄せられて、これほどの惨劇が起こったのだ。

あたしたちは何度も二階に足を運んでいたけれど、二階をくまなく探したりはしていなかった。クラスがある教室内ばかりに気を取られて、こっちに生徒たちがいることに気がつかなかったんだ。

廊下を埋め尽くすように折り重なった死体の向こうに、放送室がある。だけど、ここまで死体に囲まれていたらもう生存者はいないのではと、絶望的な気分になった。

「放送室まで、行くんですか？」

空音がどうにか声を絞り出してそう言った。

死体を見たことでさっきからえずいているから、涙目だ。

田井先生はゆっくりと振り返り、そして左右に首を振ったのだった……。

疑問

大量の死体を目の当たりにしたあたしたちは、渡り廊下まで戻ってきてそこに座り込んでいた。

誰も、何も言わなかった。

ただすすり泣きの声と、時々吐き気をこらえるような苦しげな音が聞こえてくるだけだった。

「……本当に、学校内には俺たちだけなのかもしれないな」

辻本先生がようやく口を開いてそう言った。

そうかもしれない。きっと、みんな同じことを考えていたのだろう。誰も否定しなかった。感染者も、そうじゃない生徒も、殺し合いや自殺によって死んでしまった。

残っているのはあたしたちだけ。そう考えた時、あたしは不意に違和感を覚えた。

「どうして、あたしと空音は生きてるの……？」

その言葉に空音が顔を上げてあたしを見た。

あたしは空音の真っ赤に充血した目を見返す。

「何を言ってるの？」

田井先生が慌てたようにそう言ってきた。

一瞬にして生徒会議室の様子が思い出された。

「違うんです。そういう意味じゃなくて、これだけ死んでいたらウイルスだって学校中に蔓延しているはずです。なのに、なんであたしと空音は体に異常が出ないのか、不思議じゃないですか？」

そう言うと、空音が自分の両手を見下ろした。

「祐矢先輩が言っていた通りウイルスがあっという間に進化して、潜伏期間が短くなっていたとしたら、余計におかしいですよね？」

あたしは言葉を続けた。

「それなら、祐矢先輩とアラタ先輩もだよね？　あの二人も感染はしてなかった」

空音が言う。

「もしかしてあたしたち、他の生徒と違うんじゃないかなって、思ったんです」

「ウイルスに対抗するための抗体を体に持っていたってこと？」

森本先生が興味深そうな表情を浮かべてそう言った。

「その可能性もあると思いませんか？」

「確かに、そうよね……あなたたち二人は具合も悪くなっていないし、何か特別なのかもしれないわ」

田井先生が言う。

「ねぇ、辻本先生はどう思いますか?」

そう聞いた時だった。

辻本先生はハッとしたように顔を上げた。何か考え事でもしていたようだ。

「な、何も特別なことなんてないはずだ」

そう言い、すぐに顔をそむける。その顔は少しだけ青ざめているように見えた。

「……辻本先生?」

森本先生も異変に気がついて首を傾げた。

「もう少し見回りに行ってきます」

辻本先生はそう言い、立ち上がった。

「見回りって、学校内にはあたしたち以外にはもう誰もいませんよ?」

森本先生が怪訝そうな表情になる。

「ま、万が一、生き残りがいるかもしれないでしょう」

そう言い、そそくさと歩き出す。その様子は明らかに不自然だ。辻本先生はさっきから何かを隠しているようにしか見えない。

「ちょっと待ちなさい」

田井先生の低い声で辻本先生は立ち止まった。

まるで生徒をしかる時のように、仁王立ちをして辻本先生と向き合う田井先生。

「な、なんですか……？」

辻本先生は必死に平静を装おうとしているけれど、その額には汗が滲んでいた。

暑さのせいだけじゃないみたいだ。

「辻本先生は何を隠しているんですか？」

「か、隠してなんか……」

「答えなさい！」

辻本先生が最後まで言う前に田井先生はそう怒鳴っていた。

その声にビクッと体を震わせる辻本先生。

「辻本先生、生き残りはあたしたちしかいないんです。何か知っていることがあるなら教えてください」

森本先生が言う。

辻本先生は森本先生を見て、泣き出してしまいそうな顔になった。

二人の先生に詰め寄られて、逃げ道はどこにもない。

辻本先生は観念したように、大きなため息を吐き出してその場に座った。

「森本先生の予想通り二人の体には、おそらく抗体があります」

小さな声でそう言う辻本先生。

「え……？」

あたしは驚いて目を見開き、空音を見た。

空音も驚いていて「どういうこと？」と、首を傾げている。

「妹尾祐矢と山本アラタ。あの二人の体にも抗体があったと思われます」

「どうしてそんなことを知っているんですか？」

森本先生が聞く。

「それは……ゴールデンウイークに入る前から、ウイルスがこの学校内にあったからです……」

辻本先生はそう言い、思い出すように目を閉じた。

ウイルス

【辻本ｓｉｄｅ】

それは五月に入る直前のことだった。

俺は課題のプリントを両手に抱えて一年生の教室から職員室へと向かっていた。階段に差しかかった時、元気のいい生徒たちが俺の隣を走っていった。

「階段や廊下を走るんじゃない！」

そう注意しても、生徒たちは目の前のことで精いっぱいで俺の声には気がつかない。

「まったく」

ため息を吐き出しつつも、自分の学生時代も同じようなものだったと思い出し、ほほ笑んだ。

「先生どいてどいて！」

階段の上から、そんな声が聞こえてきて立ち止まる。

しかし、振り返る暇はなかった。途端に背中に衝撃が走り、あっという間に俺は階段を転げ落ちていたのだ。階段の中央から下まで落ちて右肩にひどい痛みを感じた。

「せ、先生！　ごめんなさい‼」

階段から一年B組の女子生徒が駆け下りてくるのが見えた。

体を起こすと、あちこちが痛んだ。

「危ないから廊下を走るなって言ってるだろ」

「ご、ごめんなさい……」

女子生徒は青い顔をして目に涙を浮かべている。

俺はそんな生徒の頭をポンッと撫でた。

「わかったなら大丈夫だ」

「でも、先生……。あたし、保健室まで一緒に行きます」

生徒にそう言われた時、森本先生の顔を思い出していた。

とても美人で、生徒たちからも人気が高い森本先生。

「それならプリントを職員室の俺の机の上に置いておいてくれないか。保健室へは一人でも行けるから」

俺の言葉に女子生徒は大きく頷いて、散らばったプリントをかき集めはじめた。

拾うのを手伝ってから女子生徒の姿を見送ると、俺は階段を下りはじめた。

次の時間は授業を教えるクラスが入っていない。

保健室でゆっくりと診てもらうことができる。

森本先生のことを思うと自然と頬が緩むのを感じる。

森本先生は教師たちから見てもとても魅力的な先生で、本気で恋をしている先生も何人かいるようだった。

保健室の前まで来て軽く咳払いし、スーツの乱れを直した。

「森本先生、いらっしゃいますか？」

そう声をかけると、中から「はい」という返事が聞こえてきてドアが開いた。

中から出てきた森本先生はいつもの通り白衣を着ていて、髪の毛を一つにまとめてアップにしている。

「じゃぁ、私はこれで」

保健室の中からそんな声が聞こえてきて、大柄の男が出てきた。

化学を担当している田所《たどころ》先生だ。

四十代半ばで未婚の彼は、森本先生のことを本気で狙っているともっぱらの噂だった。つまり、俺からすればライバルだった。

田所先生がこちらへ向けて軽く会釈をして保健室を出ていく。

「田所先生はどこか調子でも悪いんですか？」

俺は保健室へと入りながら森本先生へそう聞いた。

「いいえ。田所先生はお菓子を持ってきてくれたんです」

森本先生はそう言い、机の上の置かれている和菓子の袋を見せてくれた。

老舗の有名な和菓子だ。

「辻本先生もいかがですか？」

森本先生はそう言い、俺の手のひらにウサギの形をしたまんじゅうを乗せた。

「ありがとうございます」

俺は素直にそれを受け取り、丸いイスに腰をかけた。

瞬間、体に痛みが走って顔をしかめた。

「辻本先生、どうされたんですか？」

そう聞かれて、俺はここへ来たいきさつを説明した。

「それは大変です。ベッドへ横になってください。シップくらいならありますから」

森本先生に促されてベッドへ横になると、妙に緊張してしまう。

森本先生の手が俺の腰のあたりに触れて「どこが痛いですか？」と聞かれても、うまく説明ができなかった。

シップを貼ってもらい、保健室を出ても自分の心臓の鼓動は治まらない。

森本先生に出会ってから、幼い頃の恋愛感情が呼び覚まされた気分だった。

それから俺は職員室へと向かいはじめた。

すでに次の授業がはじまっていて周囲はとても静かだ。

できるだけ足音を立てないように歩いていると、化学実験室の前に差しかかった。

保健室から出てきた田所先生の顔を思い出す。

体調が悪いわけでもないのに保健室に入りびたり、鼻の下を伸ばしていた田所先生。

森本先生がどうして嫌な顔一つしないのか俺にとっては疑問だった。

俺の足は自然と化学準備室の前で止まっていた。

電気は消えているし、中に人の気配はない。

ドアに手をかけると、スッと開いた。

使わない教室は鍵をかけることが原則になっているというのに、田所先生はズボラな性格だな。そう思って軽く鼻で笑う。

右手を伸ばして壁にある電気のスイッチを入れる。真っ白な壁がオレンジ色の蛍光灯によって柔らかく照らし出された。準備室の中には大きな棚がいくつもあり、薬品や実験道具が所狭しと並べられている。

俺なら、もう少しきれいに片づけることができるぞ。

そんなことを思いながら棚を見て回っていると、小さな箱が目についた。ガラス張りの棚の中に入れられている小さな白い箱。その周辺には何も置かれておらず、まるでその箱だけ大切に守られているように見えた。

これはきっと重要なものなのだろう。

ひと目でそうとわかるものだった。

これがないと、きっと田所先生は困るだろう。

大きな体が右往左往しながらこの箱を探しているところを想像すると、笑えてきた。

ほんの出来心だった。

森本先生に色目を使っている田所先生を困らせようと思っただけだった。

俺は戸棚を開け、その箱を持ち出したのだった……。


それから数時間後。

掃除時間になった時、俺は職員室にいた。

課題のプリントに目を通している時、慌ただしい足音が聞こえてきて職員室のドアがノックされた。

プリントから視線を上げてみると、一年B組の男子生徒が申し訳なさそうな表情をして立っているのが見えた。

「お前、どうした？」

そう聞きながらドアへと向かう。

「先生ごめんなさい。掃除をしている時に教卓からこれが落っこちてきたんです」

そう言いながら差し出されたのは、あの箱だった。

放課後には返しに行くつもりだったから、教卓の引き出しに入れておいたのだ。

俺は生徒から箱を受け取った。

「それで、落ちた時に箱が開いて、中のシャーレが落ちちゃって……」

「あぁ。大丈夫だ――」

そう言い終わる前に「どうしてそれがここにある⁉」という怒鳴り声が聞こえてきて、ハッと息をのんで振り向いた。

そこにいたのは田所先生だったのだ。

全身から汗が噴き出す。言い訳を探そうにも、頭がまったく回転しなかった。

「ご、ごめんなさい」

怯える生徒に教室へ戻るように指示し、俺は田所先生と二人で職員室を出た。

もう言い訳は通用しないだろう。素直に謝るしかない。覚悟を決めて立ち止まった。

「田所先生、申し訳ありません。あの箱を持ち出したのは俺です」

そう言い、頭を下げた。

「どうしてそんなことを？」

「あの箱が何なのか気になって、つい出来心で……」

頭を下げたままそう言った。

田所先生も鬼じゃない。こうして頭を下げていれば許してもらえるはずだ。そんな甘えた考えもあった。

「辻本先生はこの箱の中身が何かわかってない」

田所先生が深いため息とともにそう言った。

人を見下したような言い方に一瞬イラつきを覚え、顔を上げた。

「箱の中身はなんだったんですか？」

どうせ言うほど大したものじゃないんだろう。

田所先生は俺をライバル視しているから、簡単に許すつもりがないのかもしれない。

「辻本先生は南アフリカで再発見されたウイルスをご存じですか？」

そう言われて、俺は左右に首を振った。

「気温の高い地域で活性化する殺人ウイルスがあるんです。日本の気候ならウイルスの活動は穏やかで、感染したとしても体内で死滅する確率が高い。だから研究のために送られてきていたんです」

「これが殺人ウイルスってことですか？」

俺は田所先生の持っている箱へ視線を移してそう聞いた。

「その通りです」

「……ハッ」

到底信じられる内容じゃなくて笑ってしまう。

化学準備室の物を勝手に持ち出した俺を脅しているのだろう。

「このウイルスは短期間で性質を変えて感染することがわかりはじめているんです。日本の気候でも活性化しはじめるかもしれない」

「で？　そのウイルスをB組の生徒が教室内にぶちまけたそうですが、生徒は全員死ぬんですか？」

「そうとは言いません。が、弱いウイルスが体内に入ることで免疫はつくかもしれません」

「へぇ、殺人ウイルスに免疫がつくならそれに越したことはありませんね」

それ以上、話を続けるつもりもなく、俺は会話を打ち切ったのだった。

真相

話を聞き終えたあたしたちは身震いをした。

あのウイルスがもともと学校内にあったなんて信じられない。

渋田さんが感染したウイルスは性質を変えていて、日本の気候でも生きていけるように進化していたのだろう。

「教室に撒《ま》いたなら、他のクラスメートたちも免疫ができて感染しないはずじゃないですか？」

空音がそう言った。

しかし、森本先生がそれを静かに否定した。

「弱いウイルスをワクチンと呼ぶとすれば、その効き目には個人差があるわ。インフルエンザの予防注射が効く人と効かない人がいるのと同じでね。それに……ウイルスを体内に入れたことで同じ病状が出る人もいる」

森本先生は最後の言葉に力を込めた。

「それはつまり……辻本先生が撒いたウイルスが原因で発症した生徒がいるかもしれないってことですか？」

田井先生がそう聞いた。

「可能性はゼロじゃありません。ごく少量なら発症に気がつかない時もあります。最初の感染者である渋田さんがどの段階で感染して、発症したのか……」

「そ、それなら問題ないはずです！」

あたしはとっさにそう言っていた。

これ以上、辻本先生の辛そうな顔を見ていることができなかった。

「潜伏期間は一日から二日。辻本先生が撒いたウイルスが原因なら、ゴールデンウイーク中に発症しているはずです！」

そう言うと、田井先生と森本先生は驚いた顔であたしを見た。まさか辻本先生をかばうとは思っていなかったのだろう。

「そうかもしれないけれど、これは大変なことなのよ？」

森本先生があたしを諭すようにそう言った。

「わかってます！　わかってるから、言っているんです！」

仲間割れが起きて、これ以上不安が増えるもの嫌だった。

何より、辻本先生を一人にするのが嫌だった。こんな時にまで好きとか嫌いとか、自分の感情を持ち込むのは子どもだと思われるかもしれない。でも、あたしは辻本先生に生き残ってほしいんだ。

必死で訴えかけたことにより、先生たちは諦めたようにため息を吐き出した。

「感染しない生徒がいる原因はわかりました。でも、問題は……」

田井先生はそう言い、シャッターを見つめた。

「外に出る方法……」

空音が呟くようにそう言った。

生存しているのはあたしたちだけ。感染もしていない。

そうなると、残るは外に出るという問題だけが残るのだ。

固く閉ざされたシャッターに触れて、あたしはその冷たさにゾッとしたのだった。

破壊

それからあたしたちは一階に下りてきていた。

生徒玄関の前で立ち止まりシャッターを見上げる。ここにも暗証番号を入力するパネルがついているが、もうその数字を探すつもりはなかった。

どうにかして、この頑丈なシャッターを壊す。そして、今、生き残っている五人で外へ出るんだ。

あたしはバットを振り上げ、思いっきりシャッターをぶん殴った。

ガシャン！　と大きな音を立ててシャッター全体が揺れる。しかし、少し凹んだ程度で大して傷もついていなかった。

それなら、何度でも何度でも繰り返して殴りつけるだけだった。

空音が、あたしの隣で金槌を振り上げた。

どこから拾ってきたのか、それはアラタ先輩が持っていたものだ。

金槌で叩くとさらに大きな音が鳴る。耳をつんざくほどの騒音。だけどあたしたちはやめなかった。

何度も何度も繰り返しシャッターを殴りつける。

　少しずつ凹みは大きくなり、傷ついていく。空音の金槌が同じ個所を殴り続けていたため、シャッターに亀裂が走った。今にもバリバリと音を立てて崩れ落ちそうだ。

　微かに感じる期待を胸に、あたしたちは繰り返し殴りつけた。

　もっと早くこうしていればよかったんだ。

　途中で諦めずにずっとずっと殴り続けていれば、きっと外へ出ることができる。

　あたしはシャッターを殴りつけながら、死んでいった生徒たちを思い出していた。

　渋田さん、友菜ちゃん、真哉先輩、アラタ先輩、祐矢先輩。

　他にも、こんなことになったから知り合うことができた生徒たちを思い出す。

「な……んで……」

　思い出しながら涙が溢れてきて頬を濡《ぬ》らした。

　なんで、もっと早くみんなで協力し合わなかったんだろう。

　全員が力を合わせてシャッターを壊せば、もっと早く外に出ることができたかもしれないのに。

　隔離状態で混乱して、感染者に怯えていたせいで、そんなことにも気がつくことができなかった。

　殺し合い、逃げ惑い、涙と悲鳴に包まれてしまった。

　シャッターの割れ目から光が差し込んだ。

久しぶりに見る太陽の光だ。その光に、涙で視界は歪んでいった。次から次へと零れ落ちる。

「なんでなんだろうね……」

震える声でそう言った。

「なんで、こんなにも簡単なことができなかったんだろうね」

空音が答える。その声もひどく震えていた。

殴り続けていたから、腕がだるくて力が抜けてくる。それでもあたしと空音はやめなかった。

後悔の渦の中、外から差し込む光は大きくなっていったのだった……。

脱出

カランッと、軽い音を立ててバットが地面に転がった。

腕が痛くて持っていることもできなかった。

シャッターは大きく口を開け、その向こうに見えている生徒玄関のガラスにそっと触れる。

そこは太陽の熱で熱くなっていた。

あたしは指先でその熱を感じながら、最後の力を振り絞ってバットでガラスを叩き割った。

空音が金槌を使ってその穴を大きく広げていく。

人一人がどうにか通れるくらいのスペースができた時、あたしと空音は涙で顔がグシャグシャになっていた。

「あ……」

体に風を感じた瞬間、そう声が漏れた。

「う……そ……」

空音が泣き笑いの顔を浮かべる。

「外……だ……」

手を伸ばし外の空気に触れてみた。

穏やかな、夏の兆しを感じる空気だ。

「外だ‼　外だよ空音‼」

あたしはそう言い、飛び跳ねながら空音に抱きついた。

空音は持っていた金槌を落とし、あたしの体を抱きしめる。

「やった！　出られるよ愛莉‼　あたしたち、外に出られるんだよ‼」

空音の目から大粒の涙が零れ出す。

それにつられるようにして、あたしも泣いた。

大声を出して、学校中に響き渡るような声で泣いたのだった……。


それから数十分後、ようやく涙が収まったあたしと空音は二人で先生たちを探して歩いていた。

一緒に生徒玄関まで来たはずだったのに、三人の姿が見えなくなったのだ。

もしかしてまだ感染者が校内に残っていたのかもしれない。

そんな不安はあったけれど、外に出られるといううれしさのほうが勝っていた。

「辻本先生！　シャッターが開きましたよ‼」

「森本先生と田井先生も出てきてください！　外に出られるんです‼」

二人で声を張り上げて校内を探す。

しかし、いくら呼びかけても先生たちからの返事はなかった。

「三人ともどこに行っちゃったのかな……」

不安げな表情を浮かべる空音。

「もう一度、全部の教室を調べたほうがいいのかな……」

そう呟くけれど、二階の惨状を思い出すと気分は滅入ってしまった。

「生徒二人を残して消えちゃうなんて」

空音がそう文句を言った時だった。

ペタッと音がしてあたしは自分の足元へと視線を移動させた。

見ると、シューズで血を踏んでいた。

足を上げてそれを確認してみると、まだサラッとしているきれいな血であることがわかった。

今まで見てきたような、ねっとりとしてどす黒い血ではない。

「これって……」

あたしはそう呟き、サッと青ざめる。

「嫌だ、嘘でしょ……？」

空音も勘づいたのか、そう言って左右に首を振った。

今流れたばかりに見える血は、点々と落ちて保健室へと向かっているのがわかった。

あたしと空音はその血に引き寄せられるように歩き出す。

この保健室の中にはたくさんの死体がある。

その覚悟をしてドアを開いた……。

「先生……？」

ドアの向こう側には死体が山積みになっていた。

文芸部の十人に、ウイルス感染者を暴行しようとした男子生徒。

そして岡崎君の死体。

それから……辻本先生がうつ伏せになって倒れているのが見えて、あたしは弾かれたように駆け寄った。

「辻本先生⁉」

そう言い、体を抱きしめる。

辻本先生は意識がなく、手が垂れ下がっている状態だ。

「田井先生！」

空音がそう言い、ベッドに駆け寄った。

ベッドの上には田井先生。

その下の狭いスペースには森本先生がいる。

が、全員意識がない状態だ。

「なんで？」

混乱し、状況がわからない。

辻本先生の体からは鮮明な血が流れ出していて、それは腹部に刺さった小型のナイフが原因だとわかった。

だけど、それ以外にひどい傷はない。

感染者のやり方ではないと、すぐにわかった。

それに対して、森本先生と田井先生の体には無数の切り傷があった。

「もしかして、森本先生と田井先生が辻本先生を攻撃して、辻本先生が反撃したんじゃ……？」

空音が青ざめた顔でそう言った。

「どういうこと？」

「ほら、さっきのウイルスのことで二人とも納得してなかったでしょ？　学校がこんなことになってしまったのが辻本先生のせいだって思ったのかも……」

激しい口論の末に二人を殺してしまった辻本先生はここに遺体を運び、そして自分も自殺した……？

あたしは力が抜けて、へなへなとその場に座り込んでしまった。

辻本先生の血が自分の手にベッタリとくっついている。

その血はまだ温かい。

「あたしたちが、もう少し早く気がついていれば……」

あたしはそう呟いたのだった……。


好きな人が死んでしまっても、悲観している暇なんてなかった。

すぐに外に出て校内での出来事を知らせる必要がある。

細かなことは祐矢先輩がノートに残してくれている。

あたしと空音はどうにか保健室から出て、生徒玄関へと走ったのだった……。

拡大感染

シャッターの隙間から体を滑らせるようにして外へ出た。

青い空に一瞬目がくらむ。

「やっと……出られたね……」

空音が空気をいっぱいに吸い込んでそう言った。

「うん……」

あたしも思いっきり空気を吸い込む。

血生臭さのないきれいな空気にホッとして思わず笑顔が浮かんだ。

「あたしたちがやらなきゃいけないことは、まだまだあるよ」

あたしは気を取り直してそう言った。

辻本先生の遺体をそのまま置いてきてしまったことは残念だけれど、証拠として動かすことはできなかった。

大好きだった人の死を目の当たりにして祐矢先輩は自分の死を選んだけれど、あたしは違う。

好きな人のためにも生きていこう。

今は、そう思えていた。
空音と二人で手を握り合い、校門へと歩いていく。
灰色の校舎はどこもシャッターで閉ざされていて、やっぱり異様な光景だ。
それなのに、助けは来なかった。
今度はその事実を受け止めることができるだろうかが不安だった。
みんなが自分たちのことを見捨てたんだ。
そんな街で暮らしていくことなんて、もうできない。
重たい気持ちになりながら校門の前まで来た時だった。
不意に誰かが走ってくるのが見えて、あたしと空音は立ち止まった。
「あれって……校長？」
空音が言う。
よく見れば、確かに見慣れた校長のように見えた。
何か言いながら走ってくる。あたしと空音はきつく手を握り合った。
元はと言えば、あいつのせいだ。全部、あの男が仕組んだことだ。
ゴールデンウイーク中にシャッターを設置し、あたしたちを閉じ込めた！
体の芯《しん》から怒りが湧いてくるのを感じる。
殺してやりたい。その感情が膨らんでいく。

しかし、校長が近づけば近づくにつれて、それは違和感へと変わっていった。
校長の後ろに何十人、いいや、何百人の人間がついてくるのだ。
その光景にあたしは思わず後ずさりし、植木に身を隠していた。
「誰か!!　助けてくれ!!」
そんな叫び声を上げながら走ってくる。
校長はそのまま門を抜けて、シャッターの閉まっている校舎へ入ろうと必死だ。
「何あれ……？」
あたしは唖然として校長を見つめた。
自分でシャッターを閉めておいていったい何を……。
そう思った時だった。
校長を追いかけていた何百人という人間が校門まで押し寄せてきたのだ。
その目は真っ赤に輝いていて、あたしは一瞬にして全員が感染者なのだと理解した。
校長が慌てて生徒玄関へと走るのが見えた。
あたしはとっさに空音の手を引き、そのあとを追いかけていた。
何かを考えている余裕なんてない。
外で何が起こっていたのかなんて、考えたくもない。
必死に走り生徒玄関まで辿《たど》りつく。

あたしと空音が開けた穴の向こうから校長の顔が見えた。
「悪いね、君たち」
校長はそう言うと、掃除道具を入れているロッカーでその穴を塞いだのだ。
「ちょっと、何するんですか!!」
あたしは慌ててロッカーを両手で押した。
しかし、ロッカーの向こう側に次々と物を置かれているようでビクともしない。
あたしの手を握りしめていた空音の手が離れた。
見ると、真っ赤な目をした何百人という若者たちがすぐそばに迫ってきているのだ。
それだけじゃない。
街の中は救急車やパトカーのサイレンに包まれているのだ。
外から物音が聞こえなかった理由。
助けが来なかった理由が、今ようやく理解できた。
外の様子にもう少し早く気がついていれば……。
そう思った次の瞬間、感染者の拳が飛んできて、あたしは意識を失った。

番外編

その日

【満《みつる》side】


その日、俺、米田《よねだ》満は本館二階の空き教室でサボッていた。

あとは掃除とホームルームで終わるし、チャイムが鳴るまでここにいる予定だった。

異変を感じたのは浅い眠りに落ちていた頃だった。

突然、地響きのような大きな音が聞こえてきて俺は飛び起きたのだ。

地震かと思い、机の下に身を隠す。しかし違うということにすぐに気がついた。

教室の中が徐々に暗くなっていくことに気がついて窓へと視線を向ければ、そこにシャッターが下ろされていくところだったのだ。

「なんだ、これ？」

窓にシャッターが下りるなんて見たことのない光景だ。

俺はシャッターが完全に下りきるのを待って窓に近づいた。

窓は完全に封鎖されているし、力ずくではシャッターは開きそうにない。

「何か起こったのか？」

そう呟き、廊下へ出て周囲を見回す。あちこちから生徒たちの話し声は聞こえてく

るけれど、とくに異常をきたしているようには感じられなかった。何かが起こってい
るのなら、生徒たちはもっとパニックになっているだろう。
俺は大アクビを一つしてスマホで時間を確認した。どうしてだか電波が圏外になっ
ているけれど、とっくの前に放課後になっていることがわかった。
「なんだよ、誰か起こしに来いよ」
普段なら、サボッていれば呼びにきてくれる友人がいるのに、今日はその友人が来
てくれなかったようだ。俺を置いて先に帰ってしまったのかもしれない。
俺は軽く舌打ちをしてカバンを片手に階段へ向かいはじめた。
なんだかよくわからないけれど、今日はもう帰ろう。
その時だった。
突然、教室のほうから悲鳴が聞こえてきて俺は立ち止まった。
今度はなんだよ、ゴキブリでも出たのか？
呆れながら振り返ってみると、教室から駆け出す複数の生徒たちの姿が見えた。
その表情は青ざめていて、恐怖で歪んでいる。それでも事態を把握していない俺は
すぐに動くことができなかった。
その場に立ち尽くし次々と逃げ出す生徒を見つめる。
その中に血まみれの男子生徒の姿を見つけた。男子生徒は床を這うようにして教室

から出てきたが、その顔は鼻が陥没しているように見えた。

ケンカか？　それにしては激しいな。

「タス……ケテ……」

男子生徒は弱々しい声でそう言うが、誰も助けに向かおうとしない。

見かねて男子生徒に駆け寄ろうとした次の瞬間、教室から一人の女子生徒が飛び出してきた。その手は真っ赤な血に染まっている。

女子生徒は躊躇することなく男子生徒の体の上に乗りかかった。

「やめてくれ‼」

男子生徒が悲鳴を上げる。

その顔面を続けざまに殴りつける女子生徒。

異様な光景に足が止まってしまった。

男子生徒の悲鳴が徐々に弱まっていっても、女子生徒は手を止めない。

「なんだよ……どうなってんだよ」

ジリジリと後退して距離を置く俺。

こんなことになっているのに先生も来ないし、絶対におかしいだろ⁉

踵《きびす》を返し、階段を駆け下りようとした。ところが、階段の中央で揉み合いになっている生徒を見つけてしまった。

ただのケンカじゃない。

さっきと同じで一人の生徒が集中的に攻撃を繰り返している。

殴られ続けている生徒はとっくに意識がないようで、ピクリとも動かなかった。

それを見た瞬間、俺は殺意を感じ取った。確実に相手を殺すつもりで攻撃をしているのだ。

「どうなってんだよ⁉」

叫び声を上げ、廊下を走る。

あちこちから悲鳴が聞こえてきて、それらから逃げるように俺は放送室へと逃げ込んだ。しっかり鍵をかけ、床に座り込んで呼吸を整える。

いったい何がどうなってる？

俺がサボッて寝ている間に何があった？

友達に確認したかったけれど、ここでもスマホは圏外だった。

「なんだよ、チクショー！」

俺は拳を壁に叩きつけたのだった。

破壊行動

放送室に逃げ込んで数日が経過していた。

比較的静かになった頃を見計らって何度か放送室の外へ出てみたけれど、生きている生徒たちの姿を確認することはできなかった。

何が起こっているのかわからないが、放送室の外へ出ることが危険だということだけは理解できていた。しかし、俺が今まで生き延びてこられたのは、偶然何種類かのお菓子を持っていたからだった。

それが今朝で尽きてしまっていた。

このまま放送室に隠れていれば、いずれ餓死してしまうだろう。

食堂へ行ってみようと何度も思ったのだが、俺と同じ考えの生徒がすでに食べ尽くしている可能性のほうが高かった。

それなら、同じ二階の奥にある自販機へ向かうほうが賢明だ。

俺はドアに耳を当てて外の音を聞いた。

何も聞こえてこない。最初の日は悲鳴や泣き声が絶えなかったが、その声は徐々に数を減らしていっていた。

俺は外の安全を確認すると、そっと鍵を開けてドアを開いた。

途端に血まみれになった廊下が見える。その先には折り重なるようにして死んでいる生徒たちがいるのだ。

俺は血生臭さに吐き気を覚えながら一歩外へ踏み出した。

「満⁉」

突然聞こえてきた声にビクリと反応して顔を向けると、そこにはクラスメートの英《えい》二《じ》の姿があった。

俺の一番の親友だ。

しかし、数日ぶりの再会を喜んでいるような暇はない。英二の後ろには数十人の生徒たちが追いかけてきているのだ。

俺は無意識のうちに英二に手を伸ばしていた。その手を英二が掴んだのを見計らい、思いっきり引き寄せる。後ろの生徒たちが英二を捕まえる寸前のところで、放送室のドアを閉めた。

「満……お前、生きてたのか」

英二はその場にずるずると座り込んでそう言った。

「あぁ。ずっとここにいた」

そう返事をした時、ドアをノックする音が聞こえてきた。

いや、厳密に言えばノック音のような優しいものじゃない。複数人で同時に殴りつけているような激しい音だ。

「学校内は今どうなってんだ？」

「お前、何も知らずにずっとここにいたのか？」

「あぁそうだ」

頷くと、英二は驚いたように目を見開いた。

そして外で何が起こっているのかを話しはじめた。

英二はシャッターが下りた頃、一年生の担任をしている辻本先生たちと一緒に図書室へ向かっていたらしい。

そこで感染ウイルスについて知った。

生徒たちが感染しているかもしれないと聞き、英二は一人で図書館を抜け出し、恋人である雪花《せっか》を探しはじめたそうだ。

しかし、雪花を見つけた時にはもう遅かった。雪花は感染者に殺害されたあとだったそうだ。

それから図書室へ戻ったが誰もおらず、校内で見つけた三十人ほどのグループと一緒に行動をしていたそうだ。

一人で逃げてきたのは、感染者に見つかった時にメンバーたちとはぐれてしまったからだそうだ。

すべて話を聞き終えても、まだ実感はなかった。

英二の言っているようなウイルスが本当にあるなんて、しかも生徒たちが感染しているなんて信じられない。でも、急に閉ざされてしまったシャッターや廊下に転がっている死体を思い出すと、英二の話を信じるほかなかった。

放送室を激しく叩く音は消えたが、重たい沈黙が下りてきた。

「学校内はどこも危険なのか？」

「あぁ。さっきの奴ら、ざっと数えただけで二十人はいた」

「そいつら全員感染者なんだろ？」

「そうだ。奴らの目を見たか？　真っ赤になってただろ？」

そう言われて俺は頷いた。

確かに、英二を追いかけていた生徒たちは全員赤い目をしていた。

「感染者は人を殺せばウイルスが抜ける。逆を言えば人を殺すまでは攻撃をし続けるってことだ」

少なくても二十人の生徒たちが人を殺すかもしれない。

俺は寒気を感じて身震いをしたのだった。

約束

英二と合流してから数時間が経過していた。

いろいろと話ができる相手がいることで、一人でいる時に比べれば随分と気持ちが穏やかになっていた。英二も俺と同じようで、さっきから時折笑顔を浮かべている。

「ここに隠れていれば安全かもしれないけど、食料がないんだ」

ふと思い出して俺はそう言った。

もともと食料を確保するためにこのドアを開けたんだ。

「食料なら、ここからすぐの教室に保管してある」

「本当か?」

「あぁ。食べられそうなものは食堂から移動してきている」

そう言い、英二が立ち上がってドアへと向かった。

ドアに耳をつけて外の音を聞いている。

「それならよかった」

俺がそう言い終わる前だった。

突然廊下から人の怒号のようなものが聞こえてきて、俺たちは身構えた。

「そっちに行ったぞ！」

「挟み撃ちにしてやれ！」

そんな男たちの声が聞こえてきたあと、鈍い音が響いてくる。

「なんの音だ？」

「感染者を攻撃してるんだ」

英二の言葉に俺は目を見開いた。

「冗談だろ？」

「本当だ。俺たちは感染者と戦うことを選んだ」

「そんなの、リスクが高すぎるだろ」

「そうかもしれないけど、隠れていればいずれ食料は尽きて全員死んでしまう。少しでも生き残るために戦うんだ」

確かに、英二の言う通りだった。

隠れていればいずれ死ぬ。だけど、みずから戦いに向かうということはみずから死にに行くのと同じだと感じてしまう。

「外が静かになった」

英二がそう言うと、ゆっくりとドアを開けた。

「英二、そんなところにいたのか」

そんな声が聞こえてきて、ドアが大きく開かれた。

外へ出るとそこには三十人ほどの生徒たちがいて、その足元の死体は増えていた。

「これが全員感染者なのか？」

俺は転がっている生徒たちへ視線を向けて、英二にそう聞いた。

「あぁ。目を見て見ろ。真っ赤だろ」

言われなくても、それはもうわかっていた。

だけど感染者なのだと確認せずにはいられなかった。

生徒が生徒を殺している。その現実は簡単には受け入れられるものじゃなかった。

「そっちの奴、やけに顔色が悪いな」

英二が仲間の一人を見てそう言った。

俺も視線をそちらへ向けると、男子生徒が真っ青な顔をして壁に寄りかかっているのが見えた。

「奴は感染している」

その言葉に驚いて振り返ると、その三十人の中にクラスメートの村山牧夫《むらやままきお》の姿を見つけた。牧夫は普段はとても大人しい生徒だが、今は手に血のついた鉄パイプを握りしめて険しい表情を浮かべている。

「マジかよ」

英二がため息を吐き出す。

「メンバーの中で感染したのはこれで五人目だ」

牧夫の言葉に「他にも感染者がいるのかよ⁉」と、声を大きくして聞く。

「大丈夫。他の四人はもういない」

牧夫の声には抑揚がなかった。

もういないってどういう意味だ？

そう聞く暇もなく、牧夫は感染している生徒の前に立った。生徒はうつろな目で牧夫を見上げる。牧夫は何も言わずに鉄パイプを振り上げた。

「お、おい……」

思わず止めに入ろうとした時、英二が俺を止めた。

「感染した生徒は自殺する前に殺害するんだ」

「は……？」

英二の言葉に目を見開く。

自殺する前に殺害する？

そんなの嘘だろ？

次の瞬間、骨が砕けるような音が廊下に響き渡った。

座り込んでいた生徒の絶叫がこだまする。

「冗談だろ……」

俺はその場から、後ずさりをしていた。

「これは俺たちが決めた約束事なんだ。感染したらその場で殺す。そうやってウイルスを減らしているんだ」

英二が説明を続ける中、牧夫は何度も何度も鉄パイプを振り下ろす。青ざめていた生徒の顔は真っ赤な血に染まり、その場に崩れ落ちていった。

「今までの感染者も……？」

「もちろん。全員殺してきた」

「そんな……」

そんなひどいことを。

そう言いたかったが、言えなかった。

感染者だって人を殺しているのだ。牧夫たちだけが悪いわけじゃない。

「この学校内には法律なんて存在しない」

返り血を浴びて真っ赤になった牧夫は、俺を見てそう言ったのだった。

首吊り自殺

それから俺と英二は食料を分けてもらい、それを持って再び放送室へと向かった。

牧夫たちはまだ校内の見回りを続けるらしい。集団でいるということは襲われやすくなるということらしく、つねに動いているほうが安全なのだそうだ。

「英二は牧夫たちと一緒にいなくていいのか？」

「あぁ。グループから抜けたい奴は勝手に抜ければいいし、入りたい奴は勝手に入ればいい。そんな感じなんだ」

「そうか」

俺は頷いた。

廊下に転がっている死体を踏まないようにしながら歩いていると、不意に人の悲鳴が聞こえてきて足を止めた。

「なんだ、今の声」

英二が小声で言う。

「わからない」

俺は左右に首を振ってそう答えて周囲を見回した。とくに異変は感じられないが、目では逃げ道を探していた。

ここから放送室までは少し遠い。すぐ近くの生徒会議室にいったん避難するか……。

そう考えを巡らせた時だった。

その生徒会議室のドアが勢いよく開いて、俺と英二は同時に飛びのいていた。

中から駆け出してきたのはグループの中にいた女子生徒だった。女子生徒は真っ青な顔をしていて「あたしは違う！　感染なんてしてない！」と、懸命に声を張り上げている。足元には死体が転がっているので、逃げようにもうまく逃げることができず、女子生徒はすぐに捕まってしまった。

「牧夫、どうしたんだよ？」

女子生徒を捕まえた牧夫に聞くと、牧夫は青ざめた顔で振り向いた。さっきまでの勇敢な姿はどこかへ消えてしまっている。

「こいつは感染者だ」

「違う！　あたしは感染なんてしてない！」

牧夫の腕に掴まれたまま、女子生徒は悲鳴に近い声を張り上げた。

「牧夫、暴力はよせ」

「違うんだ、英二」

英二の言葉に牧夫は左右に首を振った。

「生徒会議室に自殺死体があった。きっと俺たちはもう感染している」

「あたしは感染なんてしてない‼」

女子生徒の叫びを無視し、牧夫は言葉を続けた。

「校内にはまだ生き残りがいるかもしれない。そいつらが感染しないように、俺たちはここで死ななければいけない」

牧夫の義務的な言葉が頭の中にこだまする。

生徒会議室の中から逃げるように出てくる生徒たち。その生徒を捕まえて殺しにかかる生徒たち。感染拡大を防ぐため、みずから自分の命を絶つ生徒たち……。

俺はそっと生徒会議室へ視線を向けた。

カーテンレールにロープをくりつけ、並んで自殺しているのが見えた。

その光景に俺はとっさに駆け出していた。

持っていた食料は全部落とし、殺し合いをはじめてしまった生徒たちの間をかき分けて放送室に駆け込んだ。

そのまま鍵を閉め、外の音を聞かないように耳を塞いだのだった……。

深い眠り

それからどのくらい時間が経過しただろうか？

スマホの電源が落ちてしまってわからない。

外はとっくの前に静かになっているが、ドアを開ける勇気は持っていなかった。

食料を運んでこようと思ったのはいつだったか。つい数時間前だった気もするし、もっと前だったような気もする。

生徒会議室で集団自殺をしていた生徒たちは、本当に感染者だったんだろうか？感染者だったとすれば、いずれ俺も発症するだろう。いっそ、そうなってしまったほうがラクかもしれない。ウイルスに汚染されてしまえば、外へ出ることも怖くはなくなるだろう。

その時、足音が聞こえてきて俺は小さく息をのんだ。

放送室の床に横になったまま薄目を開けてドアを見る。起き上がろうとしたけれど、随分と筋力が落ちてしまっているようで起き上がることができなかった。

足音はどんどん近づいてきて、放送室の前で止まった。

感染者か？

それとも生き残り?

もし助けが来てくれたのなら、俺はようやくこの放送室から脱出することができる。

廊下にいる相手は鍵を持っているらしく、ガチャガチャと音がする。

そして次の瞬間……ドアが、開いた。

俺は力いっぱい目を見開いて相手の顔を確認した。

「校……長……?」

そこに立っていたのは杉崎高校の校長だったのだ。

校長の顎には白い髭《ひげ》が乱雑に伸びていて、顔全体が少しやつれて見えた。

けれどまだ元気そうで、俺を見ると驚いたように口を開けた。

「校長……助けて……」

自分の声が自分のものじゃないようにしゃがれている。

手を伸ばしたいのに、その力も残っていない。

校長はしばらく俺を見て困ったような表情を浮かべていたが、やがて小さくため息を吐き出すと、何も言わずに放送室のドアを閉めたのだった……。


夢を見ていた。

杉崎高校に入学した頃の夢。高校生生活に期待し、たくさんの希望を持っていたころの夢。

たくさんの友人に囲まれて毎日が充実していた。放課後の部活動も順調で、とても楽しかった。

今年の十月には北海道へ修学旅行に行くことが決まっていた。英二と同じ班になってバカみたいに騒いで遊んで……そんな、幸せな夢を見た。

「あぁ……腹が減った……」

無意識のうちにぽつりとそう呟いて、俺は呼吸を止めたのだった。

クリスマスイブの夜

【大樹《だいき》ｓｉｄｅ】

十二月二十四日。

俺は恋人の柚木《ゆずき》ミユキと一緒に大型デパートに買い物へ来ていた。

デパート内はクリスマスムード一色になり、店員たちはサンタクロースの帽子を被って接客をしている。

デパートの中央広場には大きなクリスマスツリーが飾られていて、ミユキはその前で足を止めた。

「大きなツリーだね。来年は家にもツリーを飾りたいな」

ミユキとは付き合って三年目。同棲《どうせい》して半年になる。

来年のクリスマスにはもう夫婦になっているかもしれないな。そんなことを思いながら何メートルもあるツリーを見上げる。

丸い飾りの中に自分の顔が映り込んでいる。

大学の研究が忙しくてあまり眠れていないせいで、クマがひどい。

今日のデートの予定もどうにかキャンセルしなくて済んだのだ。

「大樹はあんまり興味なさそうだね？」

そう言われて俺は慌てて視線をミユキに戻した。

「そんなことないよ。来年には家にもクリスマスツリーを置こう」

「本当にそう思ってる？」

ミユキは疑いの目を俺に向ける。

俺が忙しくて、あまりかまってやれなかったのが原因みたいだ。

「本当だって。それよりプレゼントは何がいい？」

そう聞きながら俺はミユキの手を握りしめて歩き出した。

「ティファニーのネックレス！」

プレゼントの話題になると途端に笑顔を浮かべるミユキ。

「それなら地下道を通って駅に出ようか」

ティファニーのショップは駅前にある。

外を通ったほうが近道だけど、外は指先が凍えるほど寒い。

地下へと続くエスカレーターへ向かう間、ミユキは終始ご機嫌だった。

今年の新商品はとても可愛くて、早く手に入れたいと思っていたそうだ。

そんな話を聞きながら電化製品のコーナーを通りすぎていく。大きなテレビがズラリと並んでいて、その画面に視線が向かう。

それは今年のゴールデンウイーク明けに小さな町で起こった、大きな感染病のニュース番組だった。

十五歳から十八歳までの若者に感染する史上最悪の殺人ウイルス。

初期症状は自殺衝動。時間がたてばそれは殺害衝動へと変化する。

潜伏期間は一日から二日。

しかし、急激な変化を遂げて半日ほどで発症するとも言われている。

そんなウイルスが日本に入ってきたなんて、最初の頃は信じられなかったほどだ。

小さな町はあっという間にウイルスに汚染され、住民の若者たちは町の中に隔離されることになった。

空気感染するということで今でも半径二十キロ以内には立ち入り禁止だ。

完全に死者の町と化してしまっていた。

「このウイルスって大樹が研究してるウイルスだよね？」

「あぁ。ちょっと違うけど若者にしかかからないウイルスって点では同じかな」

「大変だね。あたしたちはもうかからないから平気だけど」

会話をしながら地下へと向かうエスカレーターに乗った。

俺たちは今年で二十歳になる。

町一つを壊滅させたウイルスが感染することはない。

でも……。あのウイルスは短期間で性質を変えていっている。

今現在もどこかで生き残っているウイルスがあるとしたら、それはすでに性質を変え、年齢問わず感染するようになっていても不思議ではなかった。

「大樹、また難しい表情になってるよ？」

ミユキにそう言われてハッと我に返った。

「悪い。研究のことになるとつい考え込んじゃうんだよな」

「大樹は勉強が大好きだもんね」

ミユキが呆れながらそう言った次の瞬間、突然エスカレーターが停止して悲鳴が上がった。ミユキも体のバランスを崩して今にもこけてしまいそうになる。

「大丈夫か？」

すぐにミユキの体を支えてそう聞いた。

「ありがとう、大丈夫だけど何があったんだろ？」

エスカレーターの停止ボタンは乗る場所と下りる場所の二か所に設置されている。

そのどちらかが押されたようだ。靴ひもなどがエスカレーターに巻き込まれてしまったのかもしれない。

「ちょっと、何あれ？」

そんな声が聞こえてきて俺は視線を上へと向けた。

エスカレーターの乗り口あたりで数人の人間が揉み合いになっているのが見えた。

緊急停止の原因はあれか。ケンカでもはじめたのか、エスカレーターの乗り口は騒がしい。近くにいたショップ店員が何事かと駆け寄ってくるのが見える。

「ミユキ、歩いて下りよう」

あんな上のほうで揉み合いのケンカなんてされたら、ここにいるのは危険だ。いつ落ちてくるかわからない。

「う、うん」

ミユキが混乱した表情で頷いた。

その時だった。上のほうで人の叫び声が聞こえてきて、思わず振り向いてしまった。

一人の男性客が血まみれになって叫んでいるのが見えて息をのむ。

その男性客に襲いかかっているのは若い女性で、白いワンピースに血が飛び散っているのが見えた。

「嘘だろ」

そう呟き、ミユキの手を強く握る。

あんな華奢な女が大人の男を血まみれにしているなんて、信じられない光景だった。

「大樹、怖いよ」

ミユキの言葉に俺は再びエスカレーターを下りはじめた。

上では女性を止める声があちこちから聞こえてくる。その声から逃げるように足を進めていたのだが……途端に大きな悲鳴が聞こえてきてエスカレーターが揺れた。何事かと振り返ると、エスカレーターに乗っていた人たちが落下してくるのが見えた。

「大樹!!」

ミユキが悲鳴に近い声で叫ぶ。

ダメだ、これじゃ間に合わない。俺はとっさにミユキの体を抱きしめていた。

次の瞬間大きな衝撃が体に走り、エスカレーターの階段から落下していく感覚があった。下にいた乗客たちを巻き込みながら一気に将棋倒しだ。

悲鳴と怒号と、助けを呼ぶ声があちこちから聞こえてくる。俺たちが乗っていた場所は中央付近だったから、まだよかった。下敷きになった人たちがクッションになり、どうにかその場から離れることができたのだ。

「ミユキ、大丈夫か?」

半ば無理やり引っ張って逃げてきたミユキは青ざめている。

エスカレーターの下に視線を向けると白目をむいている乗客がいた。何人もの人間の下になり、呼吸が止まっているようだ。手だけが外に出て他の部位が押し潰されている人もいる。

俺はその人たちからサッと視線をそらした。

「とにかく、逃げよう」

俺はミユキの手を引き、非常口へと急いだ。

「ちょっと、待って……」

非常口を開けて階段を上りはじめた時、ミユキが消え入りそうな声でそう言い、座り込んでしまった。

「大丈夫か？」

「少し……気分が悪いかも」

ミユキの呼吸は短くて座っていることも辛そうだ。

さっきの騒動で過呼吸を起こしているのだ。

「落ちついて、大きく呼吸を繰り返して」

俺はそう言いながら、小さな買い物袋の中身を取り出してミユキの口に当てた。

買い物の途中でよかった。袋があれば過呼吸は治まる。

俺はミユキの様子を確認しながらさっきの光景を思い出していた。

あれはいったいなんだったんだろう？　女が男を襲っていた。怨恨か？

それにしてはこんなデパートの中で、血まみれになるまで襲うか？

いや、そもそも女の力で相手を血まみれにするというのは簡単なことじゃない。

その間、警備員や他の人が気がつかないなんて、あり得ない。

考えれば考えるほど嫌な予感が胸の中に渦巻いていく。

ゴールデンウイーク明けに一つの町を覆い尽くしたウイルスは、感染者に人並み外れた力を発揮させていた。

「いや、あのウイルスは町ごと封鎖したはずだ」

俺はつい口に出してそう呟いていた。

こんな場所で感染者が出るなんて、そんなのバカげた考え方だ。

「あの人、感染してたの？」

少し落ちついたのかミユキがそう聞いてきた。

「そんなはずはない！」

俺は大きな声で否定をした。非常階段の空間に音が反響する。

「でも、あのウイルスは空気感染するんだよね？」

「だから二十キロ以内は立ち入り禁止になってるんだ。あの町からウイルスが出ることはない」

あのウイルスは町を一つ壊したが、それで終息したんだ。

自分自身に言い聞かせるように当時のニュースを思い出す。

「とにかく外へ出よう」

呼吸が戻ったミユキを連れて、俺は立ち上がった。

ホワイトクリスマス

「ねぇ、あれ、見て」

足を進めようとした俺の手をミユキが掴んで引き止めた。

ミユキは非常階段の上のほうへと視線を向けていて、俺も自然とそちらへ向く形になった。

非常階段の一番上。四階部分に人が立っているのが見えた。

その人物は上半身を乗り出し、下を見おろしている。

「何してんだ……？」

薄暗い非常階段では相手が男か女かも確認ができなかった。

「ねぇ、ちょっとずつ身を乗り出してない？」

ミユキがそう聞いてくる。

確かに、相手は徐々に非常階段から身を乗り出しているように見える。

「何する気だ」

そう呟きながらも、嫌な予感が胸に溢れてくる。

すぐに逃げる体勢を整えて、また階段を進みはじめた時だった。

四階の人物が手すりを乗り越えて飛び降りたのだ。

あっという間もなく俺たちの横を通りすぎて落下していき、すぐそばでグシャッという肉が潰れる音が聞こえてきた。

一瞬の静寂のあと、ミユキの悲鳴が響き渡る。

俺は愕然とした状態でミユキの体を抱きしめた。

今日はいったいどうなってるんだ！

見たくはなかったが、非常階段に落下していった人物をそっと見下ろして確認する。

相手は若い男だったようで、手足が逆方向へ向いて折れ曲がっているのが見えた。

自殺か？

それにしてはこんな場所を選ぶなんて妙だな。デパートの非常階段から落ちるなんてあまり聞かない。

「早く出よう」

俺はミユキの体を支えるようにして再び歩き出した。

その時、不意に空中に白い雪が舞い上がっているのが見えた。

「雪？　いや、違う……」

その白い雪のようなものは下から上へと舞い上がっていくのだ。キラキラと輝き、とても美しくて思わず見つめてしまう。

「死体から出てる……」

ミユキがそう呟いた。

もう一度、非常階段の下を確認してみると、ミユキの言う通り死体から白い雪が次々と舞い上がっているのがわかった。

「史上最悪の殺人ウイルスだ……」

きれいな姿に変化を遂げたそれを見て、俺は絶望的な気分で呟いたのだった。

ＥＮＤ

あとがき

みなさま初めまして&お久しぶりです！　西羽咲花月です。

このたび初めての縦書き書籍ということで、いつもと違った雰囲気の中、作業を進めてきました。横書きのケータイ小説に馴れていたため、縦書きは読みにくくて仕方ありませんでした（笑）

しかし、二〇一六年の目標の一つに縦書きデビューを掲げていたので、最後の月に目標を実現させることができて本当によかったと思っています！

残りの目標はマンガの原作者としてデビューすることだったのですが、普段からマンガを読まないのにマンガの原作が書けるわけがないのでは？　と、最近になって気がついたので（遅い）、まずはマンガを読みたいと思います!!

さて、この作品は八月二十五日にケータイ小説家としてデビューして三年目となったことを記念し、書き上げた作品になります。

恋愛小説でデビュー後、ホラーに移り変わり早三年と四か月！

月日がたつのが早すぎて恐ろしい今日この頃ですが、こうしてまだ作品を書き続けられていることをとても幸せに感じております！

その上、今回の出版日はクリスマス！

クリスマスと言えばホワイトクリスマス！　カップル！　サンタさんにケーキにロウソクにプレゼント！　と、街中が幸せに包まれる日です。

私は毎年ケーキとチキンを食べるだけでしたが、今年は出版という大イベントが重なり、ついにサンタさんが来たなぁとしみじみ感じております。

大人になってもよい子にしていればサンタさんが来てくれるようなので、みなさまもよい行いを！（笑）

最後になりましたが、この作品をサイトで読んで応援してくださったみなさま、いつもお世話になっているスターツ出版のみなさま。こうして六冊目の書籍を発売できることは、たくさんの方々の応援があってこそです。

本当に、ありがとうございました!!

次の作品でまたみなさまと会えることを期待し、楽しみにしています!!

二〇一六年一二月二五日　西羽咲花月

この物語はフィクションです。

実在の人物、団体等とは一切関係がありません。

薬物の所持・使用は法律で禁止されています。

西羽咲花月先生への
ファンレターのあて先

〒104-0031
東京都中央区京橋1-3-1
八重洲口大栄ビル7F

スターツ出版（株）書籍編集部 気付

西羽咲花月先生

KEITAI SHOUSETSU BUNKO 野いちご SINCE 2009

感染学校 ～死のウイルス～

2016年12月25日　初版第1刷発行

著　者　西羽咲花月

発行人　松島滋

デザイン　カバー　金子歩未（hive&co.,ltd.）
フォーマット　黒門ビリー&フラミンゴスタジオ

D T P　株式会社エストール

編　集　酒井久美子　長井泉

発行所　スターツ出版株式会社
〒104-0031 東京都中央区京橋1-3-1　八重洲口大栄ビル7F
TEL 販売部03-6202-0386（ご注文等に関するお問い合わせ）
http://starts-pub.jp/

印刷所　共同印刷株式会社
Printed in Japan

ISBN 978-4-8137-0188-0　C0193